渋谷隔絶

東京クロノス

小山恭平

JN177984

講談社
タイガ

CONTENTS

神谷《かみや》才《さい》
神谷家の次期当主
神谷の改革を志す
雨白《あましろ》咲恵《さえ》
神谷家本邸のお手伝い
雪の娘　才とともに育つ
神谷《かみや》衣緒《いお》
神谷本家の長男
廃嫡され、地方で医師をしている

CHARACTER

神谷宇斗《かみやうと》　神谷家当主　衆議院議員

神谷無斗《かみやひと》　東京都議会議員　元警察官　才の叔父

神谷柾恵《かみやまさえ》　神谷家最古参　才の大叔母

神谷零斗《かみやれいと》　無斗の息子

神谷雹夏《かみやひょうか》　芸術家

神谷《かみや》ジュリ　衣緒を信奉している

雨白《あましろ》雪《ゆき》　神谷家本邸のお手伝い

カバーイラスト　ＬＡＭ
カバーデザイン　岡本歌織（next door design）
図版構成　﨑山礼加（MyDearest Inc.）

渋谷隔絶
東京クロノス

プロローグ

「政治家は多数決で選ばれる。多数派に選任された我々には最大多数の幸福を追求していく義務がある」

父さんは口癖《くちぐせ》のようにそう言っていた。

「己《おの》のことを、多数派の願いを叶《かな》える装置と定義するんだ。大衆の声に耳をすませば、自ずとやるべきことは見えてくる。自分の意志など持つ必要はない」

それは政治の一族である神谷《かみや》家の家訓でもあった。票田となる多数派の願いを察知して、その理想通りに振る舞えば、選挙で負けることはない。

当主の父さんは六期にわたり衆議院の議席を守り続けているし、他の親戚《しんせき》たちも都議や市議、それから知事として各々が活躍している。

素直にすごいとは思う。

けど僕は、父さんたち神谷の家の政治家を、決して尊敬することができない。

だって、彼らはあまりにあっさり少数派を切り捨てる。

市民が大型スーパーを望んでいると察知したなら、すぐに話をまとめて商店街のすぐ横に、ショッピングモールを誘致する。潰《つぶ》れる個人商店のことになど、見向きもしない。市民が老人福祉の充実を願っていると察知したなら、すぐに制度を整える。その財源として活用したのは、本来小児医療の支援に用いるはずの予算だ。

すがすがしいほど、彼らは決断力に富んでいた。政治のためなら十年来の友を切り、地域の功労者を追い立てる。

先代の時代に一人、先々代の時代に二人、神谷の私設秘書が自殺しているのも、僕は偶然だとは思えない。切り捨てられてしまったのだ、きっと。

——この人たちには、人の心がないんだろうか。

特に、一番近い家族であるはずの父さんについては、同じ人間だとすら思えなかった。

＊＊

「シュレッダーにかけておけ」

夏休みの宿題をしていた僕に、父さんが渡してきたのは数十枚の紙束《かみたば》だった。

『市民憩いの公園を取りつぶす再開発に反対！』——再開発反対の署名嘆願書だ。

「父さん、一度でも目を通したのですか？」

「必要ない」

冷厳な声で一蹴《いっしゅう》される。

「才《さい》、あれしきの声に耳を傾ける価値はない。少数派に施《ほどこ》しても政治において意味はない。——切り捨てろ。少数を尊重した先にあるのは奈落《ならく》だ」

地を睨《にら》む鷲《わし》のような目で僕を見下ろしながら、淡々と告げる父さん。まるで、スーツを着た機械のようだ。

「…………」

それ以上何を言っても無駄だと悟った僕は、言われた通り署名をシュレッダーにかけることにした。抵抗は無意味だ。なら、せめて僕の手でやろうと決めた。

無慈悲な刃に数枚ずつ紙を噛《か》ませて、少数の市民の声を切り刻む。

紙をシュレッダーの口に差し込むたびに、僕の胸は激しく痛んだ。だって、取りつぶしの決まった公園は、僕にとっても大切な場所なのだから。

初めて自転車に乗れた場所、友達と毎日のように駆けずり回った。

欅《けやき》の木には、宝物を隠してる。

それに——かつてたった一度だけ、僕は父さんとあの公園を散歩したことがある。

何かの取材で子供との写真が必要になった父さんは、僕を連れ、あの公園を一緒に歩いてくれた。つないだ手の厚い感触、タンポポに彩《いろど》られた草原。見上げると、父さんのスーツの左襟に取り付けられた議員バッジが眩《まぶ》しかったのを覚えてる。

──唯一の親子の思い出すらも、神谷においては切り捨ての対象だ。

選挙に勝つこと、それ以外の一切は不要とされる。

全《すべ》ての署名を処分し終えて縁側で休んでいると、ふと、蝉《せみ》の鳴き声が耳に届いた。うるさいのに、どこか儚《はかな》げな音だ。必死で、切なくて、けれどどこにも届かない。

この声を無視することが、はたして正義と言えるだろうか。

許されるのか、そんなこと──。


「さ、才様、なにか怒っていらっしゃるのですか……？」

不意の声に顔を上げると、僕のそばには咲恵《さえ》がいた。掃除をしていたのだろう。彼女はエプロンを身につけて、手には箒《ほうき》を持っていた。

雨白《あましろ》咲恵は、神谷家の本邸に住み込みで働いてくれているお手伝いさんの一人娘だ。僕の一つ歳下《としした》で、一緒にこの家で育った彼女は、僕にとって妹のような存在だった。

咲恵は箒を胸に抱き、僕の顔をおずおずと覗《のぞ》き込《こ》んでくる。気遣《きづか》い屋の彼女は、人の感情変化に敏感だ。

僕は胸を焼いていた怒りを隠し、笑みを浮かべた。

「なんでもないよ。ちょっと夏休みの宿題について悩んでいただけだから。あれは難しいね。うんざりするよ」

そう言ってごまかすと、彼女はほっとしたような笑みを浮かべて僕の隣に腰掛けた。

「そうだったのですか。ご優秀な才様でも、宿題が難しいと思うことがあるのですね」

「うん、自由研究に手を焼かされていたんだ。自由なんて言われると、かえって何をしていいのかわからなくなるからね」

「そうなのですか？　わたしは自由研究がとても好きです。何をしようかと考えるだけでわくわくします。わくわくしすぎて、まだ何をやるのか決まっていないくらいです」

「はは、咲恵も結局ノータッチなんじゃないか。そうだ、ならいっそ共同研究にしてみようか。何かとっておきの企画はない？」

「では才様、こんなのはいかがでしょう。日本中から和菓子を取り寄せ、食べ比べをするのです。さながら和菓子のナンバーワン決定戦です。この夏一番の和菓子をあなたに、をキャッチフレーズといたしましょう」

「悪くないけど、そんなにたくさん食べきれないな」

他愛《たわい》のない会話をかわす。こういったやり取りは、神谷にとっては無意味なものだ。お手伝いさんの子供である咲恵とこんなに仲良くしているところを見られたりしたら、後でひどく叱責《しっせき》されるだろう。

けど僕にとっては、多数決で決まった意見などよりも、ここで交《か》わされる言葉の方がたしかな重みを持っていた。心にかかった霧が晴れていく。

――ああ、やっぱり僕は、こっちの方がいいな。

こういうものを守るために僕は、政治家になろうと思ってる。

少数派も多数派も、強者も弱者も平等に、全てを大切にしてみせる。僕の統治する地域の中では切り捨てなんて許さない。根本から、神谷を変える。

一人では困難かもしれないが、追放されてしまった衣緒《いお》兄さんを呼び戻すことができれば、僕らはどんなものにも勝てるはず――そんな幼い夢を見た。

けれどこの時の僕は、神谷と向き合うのがどういうことなのか、まだわかっていなかった。

あんな世界に閉じ込められることになったのは、きっと神谷に抗《あらが》おうとした僕への罰なのだろう。

鏡の壁に取り囲まれたあのおぞましい選挙の世界で、僕は泥のような神谷の色に染まり果て――少数派を切り捨てた。人を殺した。一人じゃない、何人も――。

どのタイミングで自分が殺人者に変わっていたのかわからない。気づいた時には僕の両手は、人の命を絶つことに、何のためらいもなくなっていた。

子供の青い理想は砕《くだ》けて消えた。多数決の原理の前では人の命は儚いものだ。人は誰であろうと一人につき一票で、徒党を組まなきゃ無力な一だ。弱い者は切り捨てられる。

どうして、こうなってしまったのだろう。

なぜ、僕は変わってしまったのだろう。

後悔に心を溶かされながら、最初に抱いた夢を思い出す。

ああ、そうだ。

ただ、僕は。

大事な咲恵を、守りたかっただけなんだ。

咲恵とずっと一緒にいたかった。

ただ、それだけのはずだったのに。

なのに、どうして。

僕は、こんなにも。

変わって、しまったのだろう。

一話　渋谷隔絶

0

「昔から、家の外に宝物を隠すのが好きだったんです。校庭の地面に埋めたカプセルトイ、図書館の書架に潜ませたお気に入りの童話、公園の木の虚《うろ》に入れた父さんとのツーショット――」

僕は自分の数少ない趣味について話していた。

「大抵の場合、一度手元から離した宝物はもう二度と、返ってくることはありませんでした。カプセルトイはどこに埋めたのかわからなくなりますし、図書館は蔵書のチェックでしょっちゅう本が入れ替わります。並木は区画整理で、公園ごと消えてしまいました」

僕は失われたかつての宝物に思いを馳《は》せながら続ける。

「けど、僕はそれを少しも残念には思いませんでした。失ったとすらも思いません。僕の側《そば》にいつまでもそれがあるような気さえします。むしろ、手元にあった時よりもずっと強く——つまり、その、何と言いますか……」

勢い込んで語り出したはいいが、途中でしどろもどろになってしまった。久々に衣緒兄さんに出会えたことで気持ちが昂《たか》ぶりすぎたのかもしれない。

「失うことで逆に永遠になるものもある。才はきっとそう言いたいんだね」

兄さんは話の行く先をすぐにみつけてくれた。高いのに低い、独特の心地よい声——。

「物質としての実体を失うことで思い出と変わる宝物……ことあるごとに思い出しているうちに、いつしかそれはより強い存在感を得る。無いのにより強く有る。うん、理解できるよ。僕にもそういうものがいくつかある」

言いながら、櫓《やぐら》のように組まれた松の木片に火のついたマッチを落とす衣緒兄さん。僕が紫紺の扇子で風を送ると、たちまち炭は溶岩のように赤く爆《は》ぜ、炎が小さく燃え上がる。

二人で起こした迎え火のゆらめきを見つめながら、僕らは兄弟の語らいを続ける。

「喪失によって、逆に鮮明になる記憶——僕にとっては、お母様がそれにあたるね。今でも、毎晩夢に見るよ。お母様の雪のような肌も、上等な反物《たんもの》のような髪も、全てそこにあるように覚えてる」

僕を産んですぐに亡くなったお母様のことを語る兄さん。思い出を共有できないのが、少し悲しかった。

立ち上る煙を追って見る夜空には、夏の星々がまたたいていた。

「本当に大事なものは失われることはない。消えることで、人の心に永遠に残り続ける。僕は、何一つ失ってなどいない。それは、ちゃんとわかる。わかるんだ。才の言う通りだ。でもね、才。僕は、それでも――」

兄さんは目を閉じる。

「これ以上、何も失いたくないな」

水晶のような涙がこぼれ、頰《ほお》を滑《すべ》り落ちていく。

「失いたくない、何も失いたくはない。これまで失われたものだって、本当は一つ残らず取り戻したいよ。友達も、お母様も、才の兄である資格も、夢も」

二人だけの盆の夜。離ればなれにされた僕ら兄弟の、年に一度の恒例行事。

家の者の目を盗み、川原で迎え火を焚《た》いて語らう。神谷の家に生まれた僕らは母を悼むことすらも許されない。僕ら兄弟がおおっぴらに会うことさえも。

僕ら二人が共に過ごすはずだった時間は、神谷によって切り捨てられた――けど。

僕は泣いている衣緒兄さんの手を握る。強く、強く。あなたとは永遠の兄弟なのだと思いを込めて。

「ありがとう、才。僕の、かわいい――」

兄さんは再び星を見る。そして願いを口にするように、空に向かって呟《つぶや》いた。

「失いたくない。それに、誰にも失わせたくないな。この世界に一つも悲劇なんてなければいいと、いつも思うよ。それが叶わないならせめて……神谷に関《かか》わるところではもう誰も、泣かないように」

遥《はる》か遠くの星を見つめている兄さんの面差しは、聖者のように静謐《せいひつ》だった。

「僕らで神谷を変えよう、才。切り捨てなんてやめさせて、弱者も強者も尊重される、そんな美しい世界を」

決意の言葉を述べていく兄さんに、僕は思わず手を伸ばす。けれど、伸ばした手は届かない。夜を裂くように現れた、真っ白な光によって世界の全ては漂白される。夜も衣緒兄さんも、それから僕も、光に飲み込まれて消えていく。

指先から手の甲、手首、そして腕、僕自体…………。

1

「──……」

静けさに目を覚ます。何か、懐《なつ》かしい夢を見ていた気がするが、よく思い出せない。

目をこすり、ここはどこだと考える。周囲は外で、背中の感触は固かった。

どうやら僕は、どこかの野外ベンチで座ったまま眠っていたようだ。足下には青々とした草が生え、花壇にはひまわりが咲いている。

ここは近所の公園だ、と思い出す。渋谷の街中とは思えないほどに広くスペースのとられたここで、昔はよく友達と遊び回った。それに、この道を、父さんと手をつないで歩き――。

「え……」

おかしなことに気がついた。この公園が、どうしてまだあるのだろう。去年の再開発で道路になったはずなのに。

そして僕は、さらにおかしなことに気がついた。

――静かすぎる。

渋谷にしてはあまりにも音がない。このあたりの神泉《しんせん》地区は、渋谷の中でも比較的静かな場所ではあるが、さすがにこの静けさはありえない。

異常だ……何か、異常なことが起きている。静かな渋谷の中で、僕の心臓はうるさいくらいに早鐘を打っていた。いったい何があったのだろう。

記憶は曖昧《あいまい》だった。今が夏であること、覚えているのはそれだけだ。

「…………!」

ありえない場所に取り残されてしまった。十歳の僕が、一人で――。

『──政治家はいかなる状況においても、決して取り乱してはいけないよ。毅然《きぜん》と立ち、救助を必要としている人がいないか迅速に確認するんだ』

記憶の奥から声が鳴る。かつて兄さんから受けた教えが、僕を宥《なだ》めるように再生された。

……そうだ、僕はこれでも神谷の次期当主となる者だ。どんな時にも冷静に人々を導かなくてはならない。

異常なら異常でいい。それを受け入れた上で情報を収集していくだけだ。

僕はできる限り周囲を観察しつつ、慎重に歩き出す。誰かが助けを求めて声をあげていないか──耳と神経を研ぎ澄ます。

やはり、街には誰も歩いていなかった。店々の電飾も消えてしまっている。

音がない。人の話し声も足音も、車の音も電車の音も。犬や鳥の鳴き声すらも聞こえてこない。人だけではなく、他の動物も存在していないようだ。唯一目につく生命は、歩道の所々に寂《さび》しく生えた草だけだ。

喉《のど》の渇きを感じた僕は、水を求め薄暗いコンビニへと入る。店内はやはり無人で、電気は消えており、放送もかかっていない。なのに──。

「え……」

飲み物の冷蔵庫を開けた瞬間、気持ちのいい冷気を感じた。冷却装置が稼働している。おにぎりやおかずなどの要冷蔵コーナーにも、電気が通っているようだ。トイレの洗面台の蛇口をひねってみると水が出る。水道が通っている。

――どういう理屈だ?

余計な電飾は消えているのに、生存に必要な水と食料だけが、ちょうどよく保存されている。都合が良すぎて気味が悪い。

人の姿を求め歩いているうちに、渋谷駅へ到着した。最も人が集うハチ公像の方へと回ってみる。けれど、そこにも人はいなかった。

落胆のあまり肩を落とした。渋谷駅に人がいないのなら、もう世界のどこにも人はいないのではないだろうか。

ふと、顔を上げてみる。無音で無人の世界のスクランブル交差点に、明るい陽《ひ》の光が落ちている。ハッとするほどに美しく、それは不思議な光景だった――と。

「――――」

人だ、人の姿がそこにある。白衣を身につけた長身痩軀《そうく》の青年が、降臨した天使のように、太陽光の下に立ち尽くしていた。

兄さん……。

そこにいたのは渋谷から追放されてしまったはずの僕の兄、衣緒兄さんだった。地方で医者をしているはずだが、渋谷に戻っていたのだろうか。

まさか、こんな状況で出会えるなんて――胸に安堵《あんど》と喜びが満ちていく。

スクランブル交差点のちょうど真ん中に立ち尽くした兄さんは、首を上げて目を細め、どこか遠くを見ているようだった。

「――オ、おいで」

「……っ」衣緒兄さんに不意に呼ばれて、僕の心臓はバクッとはねた。

まさか、気づかれていたとは思わなかった。周辺視野が広すぎる。小さな敗北感を抱きながら、兄さんの元へ歩み寄る。

「兄さん、お久しぶりです。こんな状況で会えるなんて思ってもみませんでした。渋谷に、いったい何が」

話しかけても、兄さんは遠くを見たままだ。

視線を追って僕もそちらを見上げてみたが、そこには何の変哲もない蒼《あお》い空があるだけだ――「兄さん?」

兄さんが空を見上げたままに歩き出す。高架下をくぐり抜け、東《ひがし》町の方へと歩く。道

路の真ん中を堂々と――わけもわからずついていく。すると、

「人……!?」

人が二人、真っ正面からこちらに向かって歩いてくるのが見えた。

警戒心に僕は足を一度止めたが、兄さんは無防備に接近していく。兄さん、いったい何を考えて……もしもよからぬ人間だったらどうするんだ――と、僕もようやくそれに気がついた。兄さんが、何をずっと見ていたのかに。

「――――」

そこには巨大な壁があった。渋谷を遮《さえぎ》るようにそびえ立った鏡の壁に、僕ら二人の姿が鮮明に映り込んでいる。

息を飲み、空を見上げた。僕らは自分自身と向き合っていた。

鏡の果ては見えない。雲の上、宇宙まで続いているようにすら――バベル、という表現が自然と頭の中に浮かびあがった。聖書の中に出てくるあの塔も、きっとこのくらい高かったのではないだろうか。

唖然《あぜん》と言葉を失ってしまった僕に、衣緒兄さんは感嘆するような口調で言った。

「――なんて美しい鏡だろうね、才」

2

渋谷区神泉の中心地。堀に囲まれた荘厳な日本庭園。そこに建つのは政治の一族、神谷家の本邸だ。選挙の際には一族が集う本部ともなるここで、僕らは生まれ育った。

その門柱の前あたりにぞろぞろと人が集っていた。慌てて駆け寄ってみると、そこにいたのは全員神谷の親戚たちだった。

「無人の渋谷に、神谷だけが……」

あまりにも明白な共通項。作為的なものを感じずにいられない。

「衣緒も才も来てた、か。追放の身の衣緒まで来てるとなりゃあ、いよいよ神谷家勢揃《せいぞろ》いって感じだなこりゃあ」

僕ら二人を見て頭をかいたのは、神谷無斗《むと》叔父さんだ。現当主である父さんの弟で、僕や兄さんにとっての叔父にあたる。

色眼鏡《いろめがね》に坊主頭《ぼうず》で、体格もとてもいい。見た目はアウトローのようだが、驚くことに元警官だ。現在は都議として二期目を務めている。

「お前ら、なにか覚えてねえか。ここに来るまでに人は見たか？」

「いえ、どうして自分がここにいるのかまるで思い出せないんです。人も、皆さん以外には一人も。駅にすら誰もいませんでした」

首を振りながら、兄さんが答える。

「誰も何も覚えてねえってのはいったいどういうことなんだろうな……揃いも揃って記憶喪失のアホばっかでさばき切れねえ。盆だからって記憶まで煙と一緒に昇天しちまったのかぁ？」

盆……今は、八月半《なか》ばということか？　言われてみれば、そんな気もする。僕たち本家の人間は、盆の集いの準備を整えていて——その先が、どうしても思い出せない。

「ったく、こんな時に兄貴は何してんだよ。渋谷の問題を解決すんのは神谷当主の仕事だろうがよ——おい、水とガスがどこでどんだけ使えるか確認しとけ。そっちは食料だ。腐りやすいもんは稼働してるフリーザーにあらかたぶちこんどけ！」

叔父さんは当主である父さんに代わり、テキパキと指示を出している。本筋に近いだけあって、その差配は的確だった。

現在ここにいるのは神谷家の男が七名と、それから家の中からも声が聞こえる。

「中にも、まだ人が？」僕は叔父さんに聞いた。

「ん？　ああ、女とばーさん方は中で使用人共に面倒みさせてる」

使用人共。その物言いに、少しカチンときた。人を自然と見下す傲慢《ごうまん》さがいかにも神谷らしくて癇《かん》に障《さわ》る——いや、それはともかくとして。

お手伝いさんまでもが来ているということは、咲恵もいるということだろうか。

僕の妹のようなあの子。咲恵はしっかりしているが、華奢《きゃしゃ》で病弱だ。臆病《おくびょう》なところもある。こんな異常な状況では、きっと怖くて震えてる。

今すぐ咲恵の側に行ってあげたいが、本家の僕が現場を放棄するわけにもいかない。こらえてその場に立ち尽くす。

と、その時、さらに二人の男性が僕らの元に小走りで駆けよってくるのが見えた。

「お、先遣隊のお戻りか。——おい、様子はどうだ！　あの壁はまじもんか？　破壊はどうだ、できそうか？　抜け道は？」

叔父さんは戻ってきた先遣隊の人たちと、あの壁について議論していた。

ふと、兄さんの顔を見上げてみる。兄さんは目を細め、憂《うれ》えるように空を——いや壁を見つめていた。

「——あの壁は壊れない。きっと、人の手で壊せるようなものじゃないんだ」

3

選挙の時は本部にもなる神谷家本邸の座敷《ざしき》は広く、神谷の親戚十数名を収容してもスペースには余裕がある。

並べられた長机におにぎりとお茶をおいていくのは本家の四人のお手伝いさんたちだ。咲恵もいる。

涙目になっておろおろしながらも、甲斐甲斐《かいがい》しく頑張ってくれている。

僕は咲恵と目が合うと、笑みを浮かべて頷《うなず》きかけた。少しでも、安心させてあげないと。咲恵もこくこくと頷き返してくれた。

頃合いと見て、無斗叔父さんが壇上に立つ。

叔父さんは先ほどまでかけていた色眼鏡を外していた。アウトローの雰囲気はなりを潜め、瞳《ひとみ》は澄み、口元はいかにも誠実で実直そうに引き結ばれている。今にも青雲の志を語りだしそうな政治家の姿がそこにある。

——やはり、この人も政治家だ。

神谷の本筋に近い者にとっては、『変身』などたやすい。

「百戦錬磨の神谷のお歴々の前で恐縮ではございますが、ここは不肖この無斗が音頭をとらせていただきます。兄が現れるまでのつなぎですので、なにとぞご容赦下さい。私の頑丈な身体《からだ》と豊富な体力で、神谷の一族の盾となる所存でございます」

無斗叔父さんは前置きも早々に、この世界に関する情報を皆に告げていく。

・神谷家の親戚と本邸の手伝い以外に、渋谷に人は見当たらない。

・全員の記憶が曖昧で、なぜここにいるのか誰も覚えていない。
・ネットや電話はつながらず、外部と連絡はとれない。
・電気や水、ガスなどのライフラインは通っているので、しばらく生存に支障はない。
日本有数の人口密集地帯の渋谷から、すっかり人が消えている。叔父さんはぽかんと固まる親戚たちにかまわず、さらに続けた。

「渋谷区の神泉から渋谷あたりが巨大な鏡に囲まれているようで、出口は見当たりません。我々は、渋谷の外に出られません」

「鏡に、囲まれている？」「何よ鏡って」「出られないってのはどういうことだ」

一斉に声があがり始める。いきなり言われても信じられないのは無理もない。僕だって、実際あれを目にしていなきゃ信じるのは難しかったかもしれない。

「信じがたいかもしれませんが、先ほど述べた通りです。その目で、ご覧下さい」

叔父さんは言いながら、庭に面する大窓を開け放ち、遥か空を指さした。

一見すると、代わり映えのしない渋谷の空がそこにある。けれど、目を凝らすとわかる。

――鏡の壁だ。

周囲が鮮明に映り込んでいるから遠目には気づきにくいが、鏡が巨人のようにそびえ立ち、上部は雲に霞《かす》んでいる。横幅も広く、観測できる限りの範囲においては本当に街をぐるりと取り囲んでいる。

皆の反応は二つに分かれた。深刻な表情で黙り込む者と、依然として現実を受け入れることができない様子の者。

「――撮影やどっきりという可能性はありえません。そんなことのために街一つをつくりかえるなど」

「――鏡の破壊？　試す価値はありますが、ブルドーザーでもきついと思われますよ」

「――テレビもラジオもつきません。外部の情報は一切手に入りません」

大勢から矢継ぎ早にあげられていく質問を、聖徳太子《しょうとくたいし》のように同時にさばいていく叔父さん。質問者の格を一瞬で見定めて、位の高い相手の質問から順に答えていく。情報把握能力と冷静さは神谷の中でも頭一つ以上抜けている。

けれど皆、多少の混乱状態にあるようで、答えても答えても質問は次から次へと湧《わ》いてくる。騒然とする場。

人智を超えた事態を理屈で考えたってこうなるだけだ。探るべきは、ここ独自の法則だ。何か、情報さえあれば。

「――僕に一つ、心当たりがあるんです」

特異な声に、人々の目が一斉に引きつけられる。声変わりの狭間《はざま》にある少年のような、低いのに高い――独特な色気の香る声。

「クロノス世界」衣緒兄さんは、皆の視線を受けて続けた。艶《つや》のある声が余韻をもって空間に響き渡る。

「一九八八年、ソ連モスクワ州のバラシハ事件。一九七六年、アメリカカリフォルニア州のアラメダ事件、一九六八年、中国四川《しせん》省の成都《せいと》事件。僕らが今体験しているこのような状況は、実は過去にも何例か報告されているんです」

クロノス世界とは、鏡によって区切られた小さな異世界のことらしい。

異世界。マンガやゲームのようで現実感に乏《とぼ》しい言葉だが、兄さんが適当なことを言うはずもない。

「特に有名なのはバラシハ事件でしょうか。一九八八年ソ連のバラシハで、十三歳の少年とその母親が行方不明になった事件です。警察は大規模な捜査を行いましたが、事件性の痕跡すらも見つけることができず、一年後に森で発見された少年は――」

「クロノス世界内部の様相は現実に似てはいますが、そっくりそのまま同じというわけではありません。探せば、必ず現実との相違点が発見されます。また、世界にはライフラインが通じており、生存には事欠きませんが、決して外には出られません」

「でも、絶望する必要はないんです。脱出の方策は、必ず世界の方から示される。それもまた、クロノス世界の特徴の一つなんです」

全員に向けて話しているのに、自分だけに囁《ささや》かれているかのような錯覚を覚える——声を聞いているとそれだけで安心できる。給仕をしていたお手伝いさんまでもが手を止め聞き入っていた。

——誇らしい。

身分の上下を気にせずその場にいる一人一人に心を寄り添わせていく衣緒兄さんの姿は、僕の理想とする政治家像そのものだ。けれど、憧《あこが》れてばかりもいられない。僕も早く、あそこまで上り詰めなくてはいけないのだから。

と、その時僕は気づいた。衣緒兄さんを見る無斗叔父さんの目に一瞬、ぞっとするほどに暗い光が灯《とも》る……注目を奪われたのが、おもしろくなかったのかもしれない。

叔父さんはすぐに様子を戻すと、落ち着いた口調で兄さんに話しかけた。

「解説をありがとう。だが衣緒くん、そのクロノス世界というのはオカルトの類《たぐ》いだろう?」

「ええ、超常現象の類いです。ですが、まさに今この状況こそがオカルトでしょう」

衣緒兄さんはしばしためを作った。

「もしもここが本当にクロノス世界ならば、これから我々には何らかの指令が提示されるはずです。それをクリアしさえすれば、この世界から脱出することが――」

「誰か、誰かぁ……誰かぁああ……！」

その時、叫び声をあげながら座敷に駆け込んで来たのはお手伝いの一人、雨白雪《ゆき》さん――咲恵のお母さんだ。

「雪さん……！」ちょうど入り口のそばにいた僕は、畳に倒れ込んだ雪さんに駆け寄り、その華奢な身体に手を添えて助け起こした。

「使用人にべたべた触れるなどみっともない！」「うるさいわね、話し合いの最中に」

神谷の者は白《しら》けたような口調で僕を咎《とが》めてくるが、こんな奴《やつ》らはどうだっていい。

「雪さん、どうしたんですか。落ち着いて、僕に何が起こったのか教えて下さい」

と――雪さんは震える手で僕に抱きついてきた。作務衣《さむえ》の胸元に僕の頭をおしつけて、後頭部を撫《な》でてくる。子供を、慰めるかのような手つきだった。慰める？　なぜ？

「あそこに、ま、松に、宇斗さん、ご、ご当主、様がぁ……！　ご当主様がぁぁ……」

不吉な予感が働いた。僕は雪さんの腕を振り払うように抜け出して庭へ――一本松の下へと走り出していた。

池の横に植えられた松。枝からだらんとぶら下がっているものが何か、最初はわからなかった。

それは人の形をしていた。手足は力なく垂れ落ちて、縄のかかった頸《くび》は不自然な形に伸びている。口元からは舌がだらしなくこぼれ、両目には、葉のついた小枝が何本も突き立てられて――。

「…………ぁ……」父、さん――。

「はしごもってこい！」「早く下ろせ！」「枝はそう太くねえぞ！　力かけんな！」

男性たちが手分けして父さんの身体を下ろす。やがて地面に横たわる父さんの身体。顔が青い――頸には縄の模様がついて――小枝を突き立てられた両目――。

混乱に襲われる。今やるべきは……救命措置？　どうやるんだ？　ＡＥＤなら玄関の横にあるが――。

気がつくと、医者である兄さんがいち早く救命措置の体勢をとっていた。父さんの心臓を押している。何か手伝えることは――心は急《せ》いているのに、身体がなぜか動かない。

いつまでも、いつまでも、兄さんは同じ動作を繰り返す。あんなに必死に兄さんが救命措置を施しているのに、父さんはぴくりとも動かない。

「もういい、やめろ衣緒……！　どう見ても手遅れだろうが！」兄さんを羽交い締めにしようとする叔父さん。

「蘇生の可能性がゼロなのはわかっています。これは、僕自身を納得させるための行いに過ぎません。――だから、どうか最後までやらせて下さい」

衣緒兄さんは必死にマッサージを続けながら、冷静に指示を出す。

「まだ、犯人が潜んでいる可能性があります。女性や子供、お年寄りを一ヵ所に固め、防衛の準備を整えて下さい。犯人は、この騒ぎの隙《すき》に屋内への侵入を狙っているかもしれません。これ以上……被害者を増やすわけには――」

感情をこらえきれなくなったのか声が少し震え出す。

どんな状況にあろうとも、弱い人への配慮を決して忘れることはない。死んだ父の心臓を押しながら、それでも人の身の安全を心配してしまう。

――ああ、政治家だ。

本当は悲嘆にくれたいだろう。泣きわめきたいだろう。でも、人のことばかりを優先してしまう。それが、どこまでも優しい衣緒兄さんの心に刻み込まれた習性だ。

それに比べて僕は、何もできない。傍観者のように、目の前の光景をただ見てしまう。まるで映画を見ているような感覚に陥った。僕は銀幕の外にいる――あまりの自分の無意味さに、疎外感を抱いてしまう。

身内が死んだ。なら、僕は泣くべきだろうか。でも、僕に泣く資格なんてあるのだろうか。あれほど父さんを嫌っていた僕に——。

衣緒兄さんはやがて、心臓を押すのを止めた。乱れた息を整えながら、腕時計を見る。「十六時、二十四分」実の父の死亡確認時刻を口にする。「臨終です」

声だけは淡々としていたが、目から涙が滑り落ちていく。

「…………っ」兄さんの悲しみが痛いほどに伝わってきて、僕は自分の胸を握りしめた。

父さんと兄さんの折り合いは悪かった。機械のように冷たい父さんと、情愛豊かな衣緒兄さんは、根本的なところで魂を違《たが》えていた。けど兄さんは、父さんを愛していた。

『いつかわかり合える日が来るよ。僕は、父さんのことが好きだから』

兄さんはいつかその日が来ることを信じていた。なのに。

やがて喧騒《けんそう》は止《や》み、静寂が訪れる。いつの間にか親戚たちが庭や縁側に集い、父さんの亡骸《なきがら》のそばで膝をつく僕ら二人を取り囲んでいた。

咲恵がこの場にいないのだけが救いだった。父親の死に際して何もできないばかりか、悲しむことすらできない僕の姿を見られずにすむ——と。

「なんだ、ありゃあ……」静寂を破る誰かの声を皮切りに、次々と声があがり始める。

何だよ……今度は何だ。顔を上げると、夕刻とは思えないほどに周囲一帯が明るい。眩《まばゆ》いのに、なぜか眩しくない、どこか神秘的な光に目を強く惹《ひ》きつけられる。

光はマスゲームのように塀の表面を移動していき、やがて文字の形をとる。

〝剪定《せんてい》選挙　開催告知〟

文字は次から次へと切り替わる。

〝余分な枝葉の茂る木の幹は、やがては萎《しお》れ腐り果てることになる〟
〝幹を守るには剪定が必要だ〟
〝この世における唯一絶対の決定原理――選挙でもって余分な枝葉を切り払う〟

一文ごとに、神谷の面々は息を飲む。これは、もしかして――。

〝剪定選挙　要項〟

〝選挙は一週間に一度開催される〟
〝選挙権と被選挙権を持つ者は神谷の血族に限られる〟
〝各選挙の投票時間開始前に血族には投票用紙が配られる〟
〝投票用紙を持つ者は、神谷家に最も不要と思われる者の名前を枠内に記し、指定の投票所にて投函《とうかん》する〟

〝選挙によって第一位となった者は選管により剪定される〟

剪定——言葉の響きに、背筋に悪寒が走る。

〝同得票数により一位が複数名となった場合は、その全員が剪定される〟

〝投票所に一度に入ることができるのは一名のみ〟

〝投票所に一人が滞在できる時間は三分間に限られる。時間を過ぎた場合は投票所の外へと排出される〟

〝今この瞬間より投票以外の手段で他の候補者に危害を与えた者は選挙違反者として死刑に処す〟

有無を言わさず、一方的に告げられていくルール。まさに『指令』だ。

「指令の提示……やはり、ここは」衣緒兄さんは皆まで言わなかったが、僕もすでに確信していた。

〝最後に残った一名のみが、神谷家の正当後継者として世界の外に出ることを許される〟

鏡による閉鎖空間、クロノス世界。課せられた指令は神谷家の正当後継者の決定。
その手段は選挙。
投票により生贄を決定する、この世で最もおぞましい多数決が始まった。

二話　剪定選挙

1

仏間に敷いた布団に父さんの遺体を寝かせ、青い顔を和紙で隠した。両目のあたりは窪《くぼ》んでいる。突き刺さっていた枝を抜いた時に、眼球も抜け落ちたようだ。

白装束の用意などないから、その姿は死んだ時に着用していたスーツのままだ。左襟に取り付けられた議員バッジが、蠟燭《ろうそく》の炎を反射して赤い輝きを放っている。

僕は父さんの手に手をのせてみる。氷のように冷たい肌の感触だけがそこにある。あらためて遺体を目の前にしてみても、涙は一滴も出てこなかった。

この人は僕にとっては身内というよりむしろ、倒すべき敵の象徴のような存在だった。選挙に勝つことだけを考えて、機械のような冷徹な判断で弱者を切り捨てていく父を、憎んでさえいた。父さんを代表とする神谷家を変える——それが、僕の人生の目標だった。

自分の関与できないところで敵の首魁《しゅかい》が死んでしまったことで、心にぽっかり穴が空いていた。涙はないのに身体に力が入らないのは、多分、そのせいだと思う。

「………」

死んだ父さんのことより僕は、衣緒兄さんの方が心配だった。兄さんは『少し、見回りをしてくるよ……』とふらふらどこかに行ってしまった。

他の親戚たちも皆、この世界からの脱出方法を探しに外に行ってしまった。壁の破壊を試したり、抜け道を探してみたりするらしい。皆、ひどく焦っていた。第一回目の剪定選挙は早速今夜から執り行われるからだ。先ほどまた塀に告知があったらしい。

投票時間は十九時から二十時で、今現在の時刻は十七時。あと二時間以内に世界から脱出できなかった場合、僕らは誰を殺すのかを決定しなくてはいけない。

人が死ぬ選挙。ふざけた話だが、実際こうして父は死んでいる。ありえない事態の連続に浮き足立っていた神谷家も、死の重みによって現実感を取り戻したようだ――と。

「さ、才様……才様……」

いつの間にか仏間に来ていた咲恵が、声を震わせ泣いていた。『妹』の泣き声を聞いているうちに、逆に僕の動揺はおさまっていった。

「怖い思いをさせてしまったね。でも大丈夫だよ。咲恵は何も心配しなくていい。僕が咲恵を守るから。必ず咲恵を、みんながいる世界に戻してあげる」

頬に手を添えながらそう言うと、咲恵はさらに大粒の涙をこぼした。

「咲恵が、咲恵がお側にいますから……ご、ご当主様の、代わりには……なれませんが、咲恵が、ずっとお側で才様を……ずっと、ずっと、ずっと……！」

「――――」僕は思わず咲恵を抱きしめた。

僕を守ろうとしているのか、この子は。自分だって怖くてたまらないくせに、僕のために泣いてくれる女の子――その気持ちが嬉《うれ》しくて、僕まで泣いてしまいそうになった。父の死体を見ても泣けなかった僕が、おかしい。

「ありがとう、咲恵……ありがとう」

一つ、気がついたことがある。

先ほど、父さんの死を伝えに座敷に駆け込んできた雪さんは、僕のことを抱きしめてくれたんだ。父を失った僕を慰めようと、神谷の目もはばからず。

――なんて優しい人たちなんだろう。

ああそうだ。死んだ父さんが僕にとってどんな存在だったのかなんて、今はどうだっていい。この心美しい人たちを守ることだけを考えないと。守るんだ、絶対に。

僕は表情に活力溢れる笑みを浮かべ、『兄』に変身してみせる。

「ありがとう、咲恵。でも、本当に大丈夫だよ。咲恵も知っているだろ？　僕はとても強いんだ」

僕の変化を感じとったのか、咲恵はおずおずと僕の胸から顔を離した。

息を吸い、考える。咲恵を守るにあたって目下の課題は——剪定選挙をやり過ごして生き残り、脱出の方法を見つけることだ。

だが、それこそが難しい。

僕は咲恵を守るためにも死ぬわけにはいかない。けれど、そのために誰かを殺すのも論外だ。そんなことをしたら僕までが、弱者切り捨ての神谷の色に染まってしまう。

第三の選択肢がないか考えろ、考えろ。自分が死なず、そして誰も殺さずにすむ道は——と、その時。廊下から微《かす》かに足音が届き、僕は気を引き締めた。

ゆっくりと開く仏間の襖《ふすま》。現れたのは、着物姿で白髪の老婆、神谷柾恵《まさえ》さんだった。

先代当主の妹で、神谷家の最古参。僕にとっては大叔母様にあたる人だ。父さんに似た冷厳な雰囲気を持ったこの人を前にすると、自然と背筋が伸びる。

「無斗たちが町で壁の破壊を試したそうですが、びくともしなかったそうです。抜け道もありませんでした。今夜の選挙は予定通り開催されます」

柾恵さんからの報告に、僕は肩を落とした。選挙は開催され、誰か一人が殺される。

柾恵さんは黙り込む僕に、事も無げな口調で続けた。

「今夜の選挙ではあなたも私の名前を書いて投票なさい。老い先短い私なら、本当に殺されてしまっても神谷に痛みはありません。口減らしだと思いなさいな。もう、他の者にもそう言い伝えてあります。皆、賛成してくれましたよ」

投票で一位になった者は殺される。あのルールが本当だとしたら、自分に投票を促《うなが》すことは、の行為はまるで自殺だ。

「大叔母様は神谷の大黒柱です。殺すだなんてとんでもありません。あんな選挙に付き合う義務は――」

「選挙から逃げることは許されません！」

柾恵さんはぴしゃりとそう言い、猛禽《もうきん》のような目で僕を睨む。

「神谷が地域の長として栄えてきたのは、選挙を勝ち続けてきたからです。人を切り捨て人に媚《こ》び、なりふり構わずに勝ち続け、権勢を誇ってきた神谷の者が、いざ自分が切り捨てられる側に回った途端に選挙は嫌だと駄々をこねるのですか！」

静かな迫力に、僕は何も言えなくなってしまった。怯《おび》えてしまった咲恵を背に隠す。

柾恵さんは敷居《しきい》をまたぎ、仏間の中へと入ってきた。父さんの横で正座し、頭を深々と下げる。動作の一つ一つに、張り詰めた蔓《つる》のような印象を受ける。

「宇斗《うと》。生前はとうとう一度も褒めたことはありませんでしたが、あなたの仕事ぶりにはいつも感服しておりましたよ。ええ、まさに神谷の名に恥じない政治家でした――今に、私もそこに行きますからね」

柾恵さんの黒目の中に蠟燭の炎が映り込む。その目に僕はぞっとした。覚悟が、決まりすぎている——。

　僕は咲恵に自分の部屋に引っ込むように言いつけてから、皆のいる座敷に向かった。こんな人殺しのゲームにあっさり乗ってしまうだなんて、どうかしている。

　座敷の襖を開けると、町の調査から戻ってきたばかりの親戚たちは一様に暗い顔をしており、空気は重く沈んでいた。軽々しくは口を開けず、僕は入り口で立ち尽くす。

　そんな中、最初に口を開いたのは無斗叔父さんの息子である神谷零斗《れいと》だ。現在中学三年生の彼は、僕にとっては従兄弟《いとこ》にあたる。

「ねえ、才。お前、本家のくせにこの時間まで何してたわけ？　俺たち、脱出の方法探そうと必死だったんだけど」

「父さんの遺体をアルコールで拭《ふ》いていたんだ。今は夏場だからね。早く処置しないと傷んでしまう。汚れたままにするのも気の毒だ」

　言うと、零斗は鼻で笑った。

「死んだパパのお世話とか。感傷的すぎるでしょ。荒事は俺たち分家任せってわけ？　俺たちがどれほど苦労して壁壊そうとしたのかわかってんの？　壁の破壊、抜け道の有無の確認。やることは山ほどあるんだけど」

　零斗はいつも僕ら本家に刺々《とげとげ》しいが、不満を真っ向から受け止めても仕方がない。僕はまず、零斗たちが試したという壁の破壊手段について聞いてみた。

神谷で所持している銃を発射してみたが、傷一つつかなかったらしい。壁の周辺の地面は固くて掘れず、地下の通路もくまなく鏡で遮られていたとのことだった。

「そう……やはり破壊は無理なのか」

「やはり、って何？　自分はそんくらいわかってました感出さないでくれる？　衣緒はいないし、お前は人任せでなんもしてないし。こんな時にまで立場にあぐらかかれちゃ困るんだけど」

零斗はさらに際限なく僕につっかかってこようとするが——「やめろや、零斗」と無斗叔父さんが彼の襟首を摑《つか》んで止めた。

「てめえらが喧嘩《けんか》するのは勝手だけどな、ちゃんとルール読んどけよ。選挙以外の方法で候補者に危害加えたら死ぬんだよ」

無斗叔父さんはめんどくさそうに頭をかく。

「ともかく、壁の破壊手段も抜け道もねえ。いや、ねえと断言するのは早計だが、今夜の剪定選挙に間に合う見込みはゼロだ、ゼロ。つーわけで、今夜の選挙では柾恵さんに犠牲になってもらうことになったわけよ」

無斗叔父さんは決定事項を告げるようにそう言った。くるりと身体を回し、皆の方を向く。

「皆様方も、今夜の選挙では柾恵さんへの投票をお願いします。どこの誰とも知らない者の指示に従うのは真《まこと》に不本意ではございますが、しばらくはこの選挙に付き合うとしましょう」

政治用の折り目正しい口調と顔で、叔父さんはそう呼びかけた。

「待って下さい……相手の提示してきたルールにあっさり乗るなんて、そんなのただの思考停止ではないですか！」

「ん？　いや、思考停止も何も他に選択肢なんかねえだろうがよ。あと一時間で選挙だぞ。だいたいな、これは柾恵さんからの申し出だ。まあ、一回目はものの試しだ、試し」

「……冷静になって下さい。そもそも、この選挙には付き合う必要がないんです。先ほど提示されたルールをよく思い出してみて下さい」

先ほど塀に浮かび上がった選挙のルール。あれには大きな不備が幾多とあった。

「あの選挙のルールの中には、全員が投票を放棄して選挙不成立となった場合にどうなるかは記されていませんでした。僕らはみんなで投票を取りやめて、このバカげたゲームにノーを突きつけることができるんです」

みんなで投票をやめてしまおう。叔父さんだけではなく座敷にいる全員に呼びかける。

けれど――誰も、僕の言葉に大した反応を示してはくれなかった。零斗は僕を鼻で笑うし、叔父さんは呆《ほう》けたように固まっている。やがて、ポンッと手をうつ叔父さん。

「そうか、才。お前は育ちが良すぎてなーんもわかってねえんだな。純粋培養の温室育ちの甘々《あまあま》な考え方が染《し》みついちまってやがる」

「……僕が、何かおかしいことを言ったと言うんですか」

「考えてもみろや。みんなで投票を拒否しましょうなんて呼びかけといて、誰かがこっそり投票してたらどうすんだ。お前、この人数全員に目ぇ光らせることできんのか？」

「そんなのは、管理の仕方でどうにでもなることです」

「管理なんざ、手段一つでいくらでも裏をかけるってなもんよ。騙《だま》し合いに発展するくれぇなら、普通に選挙やった方が早いだろうが」

だいたいなあ、と無斗叔父さんは後頭部をかいた。

「俺たちは神谷だぜ？　選挙を目の前にした神谷なんてな、人参《にんじん》を鼻先にぶら下げられたお馬さんと大差ねえ。その上、政治家ってのは疑り深くて執念深《ぶか》え。一人殺《や》ったら、その後はまあ止まんねえだろうなぁ」

叔父さんはまた、くるりと皆の方を振り向いた。

「神谷はこれより内戦状態に入ることを宣言します。各々方がこれまで政界で培《つちか》ってきた力を駆使し、正々堂々競い合いましょう」

それでは解散、と無斗叔父さんが言うと、集合していた神谷の人らは立ち上がる。

内戦……？　なんだ、この日本でいったい何を言っているんだ。

「待って下さい！　人殺しに加担する前に、他に考えるべきことや試すことは、いくらでもあるはずです！」

　呼びかけると、無斗叔父さんはめんどくさそうにこちらを振り向いた。

「なあ、才。お前、状況わかってんのか？　それでも神谷かよお前」

　トレードマークの色眼鏡を装着し、目を眇《すが》める無斗叔父さん。

「叔父として忠告しといてやるけどな。神谷の持ち味ってのは割り切りだ、切り替えだ。こうなりゃあ仕方ねえな、って状況に追い込まれたら、俺たちはなんでもするようにできてるんだよ。——もう全員、切り替わってんぞ」

　僕は神谷の人々の表情を見回してみる——ぞっ、と背筋に悪寒が走る。皆の瞳の感じが、つい先ほどまでと違ってしまっている。まるで魚の目のように。

「俺だって、最後までこんな選挙に付き合うつもりはねえが、少しわくわくしてる自分もいるんだよ。本家様と戦えるなんて普通に神谷で生きてりゃまずねえからな」

　無斗叔父さんは口角を上げて笑う。あきらかに喜んでいた、この状況を。

「純粋な選挙ならともかくよ、この状況で俺と競える相手なんざ皆無だな。兄貴は死んで、後継者の才ちゃまは一雨浴びれば死ぬような高級メロン。おいおい、簡単すぎて逆に心配になるくらいだぜ。敵なんざ、一人も——」

「敵がいないですって？　ご冗談を」

「────!?」

声に振り向くと、衣緒兄さんが座敷の入り口に立っていた。顔にはもう涙の痕跡はみじんもない。王侯貴族のように優雅に歩き、臆《おく》することなく叔父さんに向かい合う。

「愚かです。一も二もなく殺し合いの道に飛びつくあなたはもはや獣のようだ。神谷の業に染まって正気すらも失ってしまったあなたは、政治家ですらありません────僕の才に、近づかないでいただけますか」

「おいおいおいおい。廃嫡されちまった悲劇の天才くんが、俺に随分な物言いじゃあねぇか。警察《サツ》の世界で修羅場をくぐってきた俺に、お前ごとき青びょうたんが競えるかねぇ────地獄を見る覚悟はできてるんだろうな、衣緒?」

「地獄など見ませんよ。誰一人、そんなものを見る必要はありません。全員で生き抜く。全員を生かす。悲劇なんて一つたりとも許しはしない」

凶悪に顔を歪《ゆが》める怪物と、対峙《たいじ》する聖者。おとぎ話の挿絵を見ているような、それは現実感に乏しい光景だった。

2

「売り言葉に買い言葉で、喧嘩を売ってしまったよ。僕も青い……あれでは火に油をそそいだようなものだ」

衣緒兄さんは皆が本邸からいなくなった後、額をおさえて首を振った。

「いいえ。僕のため、ですよね……ありがとうございます、助けてくれて。僕一人では、何もできませんでした」

「あんなのは当たり前のことだよ。才の兄だからね、僕は。まあ、叔父さんのことはともかくとして、僕らの方針はいつだって変わらないよ、才」

衣緒兄さんは声音を固くしつつ言う。

「選挙で人が死ぬなんて嘘《うそ》であることを願っているが……もしも、本当に柾恵さんが殺されそうになったら、身体を張ってでも止めてみせるよ。僕は細身かもしれないが、武の技には少し心得があるからね」

全てを大切にする。切り捨てを許さない。何一つ失わないし、失わせない。僕が憧れた兄さんのポリシーだ。

僕も、助けになりたい。いつかの盆の日の夜に、僕はそれを胸に誓った。兄さんが駆ける時は、必ず僕もついていく——と、その時。

「………っ？」ポケットに、唐突な異物感を感じた。存在を主張するように、少し震えている。衣緒兄さんも、僕と同じような反応を見せている。

なんだ、とポケットに手を入れると、そこには縦長の固い紙――紙というよりは薄いガラスのようなものが入っていた。表面には、四角い枠が記されている。

「投票用紙、だろうね」衣緒兄さんがそれを光にすかしつつ、言った。これに、殺したい人の名を書くということか――。

兄さんと共に、指定の道玄坂《どうげんざか》の方へ行くと、そこには大きな丸いスペースができており――中央には丸い、マフィンのような形状の建物があった。木造だが、所々が金のレリーフによって装飾されており、神殿のような印象を受ける。

周囲のスペースは高めの壁で囲われていて、まるで古代のコロッセオに迷い込んだかのような気分になった。

投票所を中心として、地面には放射状の線が伸びている。上空からこのあたり一帯を見下ろせば旭日旗《きょくじつき》のように見えるかもしれない。

壁際にはパイプ椅子《いす》が並べられており、幾人かの親戚がそこに座っていた。無斗叔父さんの姿もある。投票の開始時間を待っているようだ。

「わざわざ、こんなスペースを作ったのか？　どうしてここに？」

衣緒兄さんが不可解そうに呟く。言われてみればたしかにおかしい。

渋谷は建物の密集地帯ではあるが、広く空いているスペースもなくはない。どうせなら、渋谷駅前のスクランブル交差点の真ん中にでもこのスペースを設置すれば、わざわざ街を改変する必要もなかったはずなのに。

　考えても理由はわかりそうもなかったので、僕は親戚たちの様子に目をやった。最初に目に入ったのは、皆から少し離れて一人立ち尽くしている神谷ジュリさんの姿だ。

　ジュリさんは女性にしてはとても背が高く、遠目からでもすぐわかる。羽衣のように薄いドレスからすらりと伸びる両腕を胸の前で合わせて、身体をわなわなと震わせている。

「ジュリさん、精神状態が心配ですね」

「……ああ。彼女は少し弱いところがあるから」

　僕は小走りでジュリさんの側へと駆け寄った。

「…………っ…………っ…………ぅ……」

　ジュリさんの目は真っ赤で、頬には涙のあとがある。よほど長時間握っているのか、両手で握りしめている投票用紙は丸まっていた。

「ジュリさん、お身体は大丈夫ですか。座った方がいいですよ」

「……？　ああ、さ、才くんだわ……」

　ぼんやりとした目で僕を見るジュリさん。また少し痩《や》せたのか、この間より顔が細く、目が大きくなっている。選挙は別として心配になる……。しかしジュリさんは僕には興味もないようで、視線を虚空に戻すとまた呼吸を荒らげ出した。

けれど、衣緒兄さんもいることに気がつくと、

「…………！」

ジュリさんはハイヒールのまま兄さんのところに駆け寄った。

「い、衣緒様！　衣緒様、衣緒様……！　わたし、その……大事な時にお側にいられなくて、申し訳なくてぇ！　ご当主様のことはお悔《く》やみ、ああ、ああ……！」

唐突なテンションの上昇——彼女は昔から、衣緒兄さんの熱狂的な信者だった。

「心配ありがとう。ジュリはいつだって優しいんだね」

衣緒兄さんは「おいで」とジュリさんを近寄らせ、涙のあとにそっと手を添えた。

「泣いていたの？　無理もないね。あんなに恐ろしいことがあったんだから……」

「は、はい、これは……母と喧嘩、してしまって……ええ、ええ……あの人ったら、本当にどうしようもない人だわ。無神経でアバズレで、節操がなくて、娘のわたしにまで迷惑ばかり……でも、もう大丈夫。衣緒様に会えたんですものぉ！」

僕は距離の近い二人から目をそらした。二人が一緒にいるところを見ると、思い出してしまうことがあるからだ。

蜘蛛《くも》のような長い脚——天井に向かってピンと伸び——漏れる声——充血した目——波打つ背——細い胴をよじり——。

「…………っ！」頭を振って、まとわりついた記憶を振り払う。

他に誰かいないかとあたりを見回すと、ちょうど、一人と目が合った。

ポケットに手を入れて壁に寄りかかっているのは零斗だ。父親である無斗叔父さんとは離れて一人でいる。

僕は零斗の元に歩み寄った。正直、まともに会話もしたくなかったが、口を滑らせやすい零斗なら、怒った拍子になにか、叔父さんに関する情報を漏らすかもしれない。

「零斗。少し、話を――!?」

額に、ひやりとした金属の感触。零斗が素早く僕に突きつけたのは銃口だった。

「撃ってたよ、俺。ルールがなかったらさ」

零斗は銃口を突きつけたまま、投票所の丸い建物へと視線を送る。

「理不尽だと思ってた。生まれた瞬間に二番目が決定づけられて、下克上のチャンスはゼロとかさ。でも今は平等だ。始まる前から勝負が決まってない、よーいドンッの横並びのほんとの選挙。本家も分家もない、実力勝負」

零斗は銃口を下ろすと、悠々と歩み去っていった。

「…………」僕はこの数秒のうちに、しっとりと全身に汗をかいていた。

あれが神谷の本質というものか。まだ十五歳の零斗が、ものの一日のうちに平気で銃を人に突きつけられるほど、異常な世界に適応している。――と。

「――吸うか?」

突然、後ろから首に腕を回され、口元に差し出されたのは一本の煙草《タバコ》だった。刺激的な臭《にお》いが鼻につく――。

「……吸いません。成人まではまだ十年ありますからね」僕は軽く手をふりほどきながら、振り向いた。

そこにいたのは親戚の一人、神谷雹夏《ひょうか》さんだった。くわえ煙草にタンクトップ。いつだって気《け》だるげな彼女には、飾り気というものはない。

「吸わない、か。銃口や鉛玉よりは煙草の方が多分うまいぞ。鉄分の包含量では負けるがね」

雹夏さんは口角を上げて笑い、腰のベルトに差していたスケッチブックを取り出した。

「仕方ない、吸い手のない哀《あわ》れな煙草は、ペンに変えてしまうとしよう」

ページを開き、煙草の先を紙に押しつける。弱いとはいえ火はついている。当然、紙は燃え、煙があがる。焦《こ》げと灰とで器用に影のような絵を描き出していく。

神谷雹夏。神谷の家の変わり者で、芸術家だ。美大を出てからずっと芸術家として、政治とは無縁なところで生きている。

「君の父と、これから死ぬ誰かへの手向けの火だよ。煙も出るから迎え火と言い張ってもいいだろう。しかし盆に冥府《めいふ》に行くとはね。行くのか来るのかはっきりしないご当主様だ」

手元の炎に、紙を睨む雹夏さんの鋭い目がぽうっと浮かび上がる。

口の何倍ものスピードで指を動かしながら、雹夏さんが炎で描いたのは僕の姿だった。

「……手向けの火で僕を描かないで下さい。不吉です」

「なんだ、わたしが子供以外を描くわけないだろう。儚《はかな》く、失われそうな今を閉じ込めるためにこそ芸術というものはある。この絵の中で、君は子供としての永遠を手に入れる。ネバーランドはここにあるというわけだ」

年若い男の子は、雹夏さんの創作のモチーフだ。僕も何度かモデルにされたことがある。

「零斗もモデルとして悪くなかったのだが、少し育ってしまったからね。十五歳はちょっと歳を取りすぎだ。君には期待しているぞ。神谷才十歳が、今わたしの中では一番熱い」

雹夏さんは言いながら、視線を横へ滑らせる。つられてそちらを見ると、慌てたように目をそらす零斗の姿があった。なんだ、僕のことを観察していたのか——「こら、動くんじゃない」雹夏さんに首の位置を戻される。

「……雹夏さんは、この世界が怖くないんですか？」

「来た時は静かなアトリエが手に入ったと喜んでいたのだが、一週間に人が一人死ぬというのはやっかいだ。五、六番目に殺されるとしても一月半。十号を一作仕上げられるかどうかだな。実は割と困ってる」

「絵がどうだとか、そういう問題ではないでしょう。死ぬかもしれないんですよ」

「未来が悲観的なのは現実世界でも変わらんよ。だからね、先のことなど考えるのはよしなさい。絵でも描いて、今この瞬間にだけ執着すれば恐れることはなにもなくなる。あまり想像力を働かせてしまうとね、咲き誇る花を見るたび枯れる時を思い浮かべ悲しみにくれることになる」

会話が成立しない。投票前の貴重な時間に、どうして僕は絵のモデルに……。

「雹夏さん、うちの弟の側で喫煙はひかえていただけますか。医師として、副流煙の害を看過することはできません」

と、衣緒兄さんが助け船を出しにきてくれた。雹夏さんはしらっとした視線を兄さんへと向ける。

「衣緒か。お前に用などないぞ。描いてやる気にもならんな。どうしてもわたしに描いて欲しければ、玉手箱の煙を浴びて鶴《つる》にでも化けてこい」

言いながら、煙を吐き出す雹夏さん。さすがの兄さんも苦笑いを浮かべていた。

そうそう、と雹夏さんは僕に言う。

「投票所の中はもう見たか？　あの内装は悪くない。じっくり鑑賞しようとしたらつい三分以上中にいてしまってね、追い出されてしまったよ。見えない力でバンッ！　だ――ああこら、だから動くなと言っているだろ」

十九時をすぎすでに投票所の扉の前に列ができていた。こんなことをしている場合じゃない。

僕は雹夏さんから逃れ、投票所に走った。順番を待ち、最後に中へ。

室内は殺風景だった。壁際に記入台があり、部屋の中央に置かれた縦長の投票箱の表面には、枝葉の意匠が彫り込まれていた。枝葉――剪定されるもの――父さんの両目に突き立てられた――込められた悪意にぞっとしたが、考えるのは後にして観察を続ける。

「鏡……」

部屋の奥の壁には大きな鏡が設置されていた。縦二メートルほど、横数十センチほどのサイズの楕円《だえん》形。

鏡面の上部にはきらびやかな王冠が描かれており、黒い影のような頭部がそれをかぶっている。投票者を見つめるように――「血……？」

鏡にはところどころに赤い斑点《はんてん》のようなものもついていた。飛び散った血液のようにも見えるが、元からある装飾のようだ。さらにもう一つ、鏡には目を引く点がある。

王冠の右斜め下あたりには、ビー玉大の穴が空いていた。弾痕《だんこん》にも見える。

一通り投票所内を見て回った僕は、記入台へと向かった。用意されていた椅子に座り、台に転がっていた鉛筆を手に取る。そして投票用紙の枠内に、神谷柾恵さんの名前を――書くわけがない。

僕は投票用紙に大きな×を書いて投函した。

選挙に否をつきつける。

扉の側では衣緒兄さんが待機していて、僕を迎えてくれた。

「実はね、才。僕も書かなかったんだ」

腕時計の針が、投票終了の八時を指した途端、投票所から漏れていた光は消え、それと同時に周囲を取り囲む壁という壁が発光し——選挙結果が浮かび上がった。

〝開票速報〟
一位　神谷柾恵　十票
二位　神谷衣緒　二票

3

「有権者は十六人なのに、投票総数は十二票……？」

棄権した僕と兄さんの分をのぞいても二票足りない。

「おそらくジュリと雹夏さんだろう。二人とも、選挙に興味なんてなさそうだ」

十票を投票され、一位に当選してしまった柾恵さん……ルール説明によれば、一位の者は『剪定』される。剪定、とはなんだ。どういう意味だ。その時。

このスペースへと続く道の奥に、パッと明るい光が灯る。最初は車のライトかと思ったが、現れたのは車ではなく人だ。カラフルな、人間のような者たちが次から次に――ある者は赤く、ある者は青く、またある者は緑色。数はとても数え切れない。

歩き方はひょうきんだ。古い映画のミュージカルシーンでも見ているかのよう。

身体は煙のようなものでできている。ゆらゆらと存在が揺らめいている。顔には目も鼻もない。ただ口だけがある。その口元は――嗤《わら》っていた。

僕は固唾《かたず》を飲んで彼らの行進を見つめていた。動けなかった。次の瞬間。

「柾恵さん……！」「大叔母様……！」

僕ら兄弟はハッと我に返って叫んだが、もう遅い。突如猛烈に走り出した彼らは柾恵さんを素早くさらい、その身体を担ぎ上げた。狩った獲物でも誇るかのように。

「…………！」

衣緒兄さんと一緒に助けに向かう。しかし、軍勢の圧はあまりに強く、近づけもしない。綿のような、ゴムのような感触に跳ね返される。

「誰か‼」

加勢を求めて親戚たちに声をあげるが、誰一人動かない。あれはもう助からない、なら助けにいく必要もない。神谷家の人間特有の、残酷な割り切り――。

兄さんはカラフルな人影の腕をとって技をかけようとするが——摑めない。僕らの方から触ることは許されない。当て身も合気も投げも柔《やわら》も何一つ通用しない。

カラフルな軍勢は、いつの間にか巨大なハサミを手にしていた。

刃の部分が随分と長い——剪定バサミ。

「ひぃぃぃ……やめ、あわぁあああああああっ……！」

バチンッ。ハサミが閉じる音と同時に、柾恵さんの血が飛散する。ああ、今空中に放り投げられたのは柾恵さんの腕だったもの——。

「いだっ……痛いぃぃぃいぃい……！　やめえぇえ……！」

泣いている、泣いていた。神谷の本家筋として、八十年も意地を貫《つらぬ》き通した柾恵さんが、病院で泣く子供のように——「…………」

＊＊

「お母様の写真を見せて下さい」

これは、幼い日の記憶だ。当時小学一年生だった僕は、物心がつく前に死んでしまった母親のことを知りたくなり、帰宅してきた父さんに玄関先でお願いをした。

「そんなものはない」

父さんは機械音声のような口調で言った。

「切り捨てた者の痕跡は残さない。敗者の根絶は統治の基礎だ」

敗者——自分のかつての妻を、そう表現する父さんが信じられなかった。

「あれはあまりに弱かった。神谷の奥の重責に耐えられず、首に短刀を突き刺して、己が命を切り捨てた。神谷の歴史に汚点は不要。あんな女は最初からいなかった」

いなかった……？

「あれを見ようとするな、お前までもが朱に染まる。衣緒はあれの弱さに染まり、神谷として不適となった。お前が染まっていいのは『神谷』のみ。以上」

ぴしゃり、と書斎の襖を閉じて会話を断ち切る父さん。僕の心の大事な何かまでもが切り裂かれたような気がした。

神谷本邸において、僕の母のことは決して口に出してはいけないタブーとされた。それから、衣緒兄さんのことも。

僕は母と兄をもたない一人っ子として育てられていた。疑問を持つことすら許されず、広い広い神谷の本邸で、僕は耐えがたいほどの孤独を感じた。

その翌朝のこと。

「——さあいくよ、才」

小学校の門の前で、衣緒兄さんが待っていた。地方にいるはずなのに——呆然と立ち尽くす僕に、兄さんは優雅に笑う。

「弟が泣いているのなら駆けつけるのが兄の役割というものだろう？」

その日僕は生まれて初めて学校をサボった。

新幹線で、母の故郷である京都へと。お母様が生まれ育った三条通《さんじょうどおり》の町並みを眺《なが》め、お母様の出身校に特別に入れてもらった。

そして夜。僕らは屋形船に乗り、鴨川《かもがわ》を下っていた。窓辺に腰掛けた兄さんは、鞄《かばん》から一枚の紙と画材を取り出すと、

「見ていて、才」

指揮棒のように絵筆を動かし、写真のようにリアルな絵を描き出す兄さん。浅葱《あさぎ》の着物を身につけた美しい女性が、屋形船の窓辺に座る絵が描かれていた。

見たこともない人だけど、他人とはとても思えない。兄さんに似ていた。それに、僕にも。この人は――。

――お母様。

「なかなかうまいと思わない？　雹夏さんほどではないが、写実性では僕もちょっとしたものなんだ。お母様の姿なら、何千枚だって描き出せるよ」

兄さんは珍しく自慢げだった。

「才からお母様を奪おうなんて許さない。僕が、いつだって見せてあげるよ。この世界に

ある優しいものを、美しいものを――僕が、全て」

　僕は絵を胸に抱いて泣いた。お母様に会えて嬉しかった。会わせてくれた衣緒兄さんの気持ちが嬉しかった。

　何が『いなかった』だ、お母様はここにいる。兄さんが取り戻してくれた。

　僕もこうありたいと――衣緒兄さんのようにありたいと、強く思った。この時に、僕の行く末は定まったように思う。

「僕は身の回りにある大切なもの全てを守りたいんだ。少数も弱者も含めて『みんな』だよ。神谷の力を正しく使えば、きっと叶うはずだから」

＊＊

　目を覚ますと、僕は布団の中にいた。頭上には、見慣れた天井の木目があった。

　眠気が覚めていくにつれ、昨夜の出来事を少しずつ思い出していく。人気《ひとけ》のない渋谷――剪定選挙――カラフルな処刑人――切り刻まれた柾恵さん。

「…………！」身体を起こし、両手を口と額にあてた。

　悪夢よりもよっぽど悪夢のような世界にいることを思い出してしまった。

そうだ、昨夜の選挙で柾恵さんが殺されて——その後いったいどうなった？

顔を上げ、周囲を見回してみる。すると朝陽と一緒に吹き込む風にレースのカーテンが揺れていて、窓辺の椅子には衣緒兄さんの姿があった。

「おはよう、才。具合はどう？　昨日からずっと気を失っていたんだよ」

僕を案ずるような柔らかな笑みに、ほっと胸に安堵が満ちる。

「……選挙の結果を直視できないなんて、自分が情けないです」

「無理もないよ。あんなもの、平気で見ていられる方がおかしいんだ」

昨晩の張り詰めた様子が嘘であるかのように、兄さんは優雅な仕草《しぐさ》と神秘的な雰囲気を取り戻していた。

昨日のことが、本当に全部嘘だったらいいのに。

「柾恵さんと父さんのお身体は、夜の間に荼毘《だび》に付したよ。冷夏とはいえ夏だから、早く送ってあげなきゃいけないと思ってね」

窓から空を見上げる兄さんの横顔には深い悲しみの色が見て取れた。

僕も空を見上げ、父さんの氷のような表情を思い出す。盆に死んでしまった人の魂は、すぐにあの世にいけるのか、なんてことを考えながら。

「才、手を出して」

僕の手のひらに置かれたのは、小さなボタンのようなものだった。十一枚の花弁をもった菊が金属で象《かたど》られていて、組紐《ひも》がついている。

「衆議院の議員バッジ……」

「才が持っていてくれないかな。父さんもきっと、それを望んでいると思うんだ」

「これを持つにふさわしいのは兄さんです……！」

「いいや。父さんが継承者として望んでいたのは才、君だ」

自分を廃嫡とした父の決定を、死後も尊重する兄さんの清廉さに胸をうたれる。僕は議員バッジを小さな巾着《きんちゃく》に入れてポケットにしまいこんだ。決してなくさないように。いつか、兄さんにお返しするために。

「才、率直に言って僕たちは危機的な状況にある。昨日の選挙結果は覚えているね」

僕は頷く。柾恵さんが十票で——衣緒兄さんにも二票が入っていた。

「本家の僕らはただでさえ目立つ上に、昨晩父を失ったばかりだ。王が亡くなった後にその子供たちがどんな目にあわされるかは、歴史を紐とけばよくわかる。昨日僕に二票が入ったのは、おそらく宣戦布告のつもりなんじゃないのかな」

宣戦布告——相手は誰かなんて明白だ。神谷無斗叔父さんと、その息子の零斗。

殺意をもった強敵から命を守り、相手のことも殺さない。その方策は、現状見えてはこない。手詰まりで、八方ふさがりだった。でも、諦めてはいけない。

僕一人では無理でも、兄さんと力を合わせれば、きっと——。

「才、昨日僕は天秤《てんびん》になる夢を見たんだ」

兄さんは唐突に言った。

「僕は吊《つ》り下《さ》がっている左右の皿に、心の内にあるものを載せ、比べるんだ。どちらの方が重いのかを」

兄さんはとうとうと語る。

「重さを比べ、勝った方を残して比較の対象を替えていく。右の皿に父さん。左の皿に才――才が勝つ。右の皿に僕、左の皿に才――才が勝つ」

兄さんの声に、静かな迫力が込められていく。

「右の皿に神谷全員、左の皿に才――才が勝った」

「兄さん……?」

呼びかけると、兄さんはふっ、と力なく笑った。

「才、僕はこの選挙に付き合うことにしたよ。対立陣営を選挙で殺す」

「え――」耳を疑った。

あの誰より優しい衣緒兄さんが、人殺しのゲームに加担する?

「人を殺すなんて、そんな……。そんなの、僕らの嫌っていた神谷そのものではないですか! もっと、別の手段で解決方法を――」

「たしかに、話し合いで解決することができるのならそれが理想的だね。全員が選挙を放棄してくれさえすれば——けど才、次の選挙までの猶予はたったの一週間なんだ。一週間で、どれほど人の心を変えることができるだろうか。相手は僕ら神谷だよ」

「…………っ」

「システムに抵抗する術《すべ》も今のところない。あの処刑人たちは人の技では止まらない。鏡の壁と一緒だよ。倒せない、壊せない、何もできない。神谷の人たちだって止まらない
——僕ら二人だけが現状、蚊帳《かや》の外におかれてる」

蚊帳の外。同じ感覚は僕にもあった。自分の関与できないところで父が死に、柾恵さんの死が決定し、今度は僕ら自身が殺されようとしている。

何もできないままに神谷の物語が進んでいく。最悪の結末に向かって。

「…………」

僕は衣緒兄さんと一緒なら、神谷家を変えることさえ可能だと思っていた。なのに現状、僕らは二人揃って神谷という物語の外にいる。

——物語に関与するにはどうすればいい？

簡単だ。この剪定選挙に付き合うしかない。

けれど、人を殺してしまえばその瞬間に僕は、『みんなを大切にする政治家になる』という夢を、理想を、捨てなくてはいけなく——。

「才は僕が選挙を戦っている間、どこかのホテルにでも隠れていて欲しいんだ」

「え？」意味がわからず、僕は顔を上げた。

「才はまだ子供じゃないか。人殺しの業を背負わせることはできない。時が来たら呼びにいくから、安全な場所でゆっくりと待っていて欲しい、僕が環境を整えるのをね。汚れるのは僕だけでいい。才だけは僕が守る。昨晩、僕は天秤にそう誓ったんだ」

僕は、人を殺さなくていい？

「僕は人を人とも思わないような神谷のやり方を嫌悪しているが、本家の長男としてその教育だけは受けてきたからね。支持者を集めて票の行く末をコントロールするくらいわけないよ。神谷のやり方で人を都合のいいように操って——対立する相手を殺していく」

衣緒兄さんは淡々と続ける。

「もちろん、こんな選挙に最後まで付き合うつもりはないよ。安全を確保できるだけの立場を固めたら脱出の方法を探すとしよう。殺し合いに参加するのは少しの間のことだけだ。なんでもないよ、これくらい」

口では平然と言ってのけるが、その手は震えていた。

当たり前だ。兄さんはそんな人じゃないのだから。神谷に染まることができずに父さんと衝突を繰り返し、廃嫡されてしまった優しい人。

そんな衣緒兄さんが人殺しを決意しなければならないほどに事態は切迫しているということだ。なら僕は、どうするべきだ。

疎外された現状をこれ幸いにと安全圏に逃げ込んで、それで、本当にいいのか僕は。

「…………」目を瞑《つぶ》り、考えてみる。

もしも僕が衣緒兄さんに全てを任せてどこかに隠れ潜んだとしよう。

僕の知らないところで進んでいく剪定選挙、殺し合い。衣緒兄さんは一人で人殺しとしての業を背負う。血に染まった手に一人苦悩し、心は摩耗していくだろう。僕は、そのことに気づけもしない。

父さんの死の時と同じように、兄さんの物語に関わることができない。それに──。

咲恵……。

僕が一人安全圏に逃れたりしたら、咲恵はどうなる？　きっと僕を捜して泣くだろう。あの子は、僕が側にいてあげないとダメなんだ。

兄さんを支え、咲恵を守る。そのためにどうすべきかはわかってる。わかってるのに、僕は目をそらして逃げている。

何が『理想を捨てたくない』だ、要は自分の手を汚したくないだけだろう、僕は。守りたいものがあるくせに、綺麗《きれい》なままでいたいと子供のわがままを言っている。

両立は無理だ。まずはそれを受け入れろ。そして考えろ。どれを、切り捨てるべきか。

兄さんと同じように天秤を思い浮かべる。右の皿に僕の理想を、左の皿に咲恵を。

傾いていく──咲恵の方に。

「僕も、兄さんと一緒に戦います……一人で隠れるなんて、絶対に嫌《いや》です」

「え……？」

人を殺したくはない。誰も殺したくはない。でも、そこにいて、渦中にいないことには、大事な人を守ることすらも――僕はもう、無関係でいたくない。

「僕にも教えて下さい……神谷の、やり方を！」

三話　神谷衣緒

1

神谷衣緒兄さん――神谷家の神童だ。片手間程度の努力で何でもできるようになる。勉学も、運動も、芸術も、武道も、政治家としてのあらゆる技も。兄さんがどれほど優れた人だったのか、あらゆる人が息巻いて語る。神谷家の歴史でも随一と断言できるほどの傑出した存在だった、と皆が一様に評価する。

兄さんは、望めばどんな栄光だって手にできたはずだった。けれど兄さんは、自分に何の栄光も望まなかった。

兄さんは自分に宿る大きな力を小さく小さく切り分けて、たくさんの人に与えた。特に、社会の中で『弱い』立場にいる人の苦境を改善するためなら、惜しげもなく労力を費やした。

学習障害のレッテルを貼られ特別クラスに行かされた同級生に指導を施し、名門中学に合格させた。合格したその人も翌年、後輩に指導を施し名門中学に合格させた。

膝に重い怪我を負い、柔道部を退部させられそうになっている後輩を水泳部に転部させ、世代別の日本代表にまで至らせた。その人は今、体育大学の若き名伯楽として知られている。

引きこもり、家で漫画を読んで過ごしていた先輩に小説を書くように促して、完成原稿に赤を入れ、小説の新人賞を獲得させた。その人は後年、ネット小説に最適化されたプラットフォームを作り出し、何人もの作家を輩出している。

誰かが言った——『神谷衣緒の周りには、落ちこぼれが存在しない』

衣緒兄さんが誰かを助け、助けたその人も、別の誰かを救ってしまう。社会の底から掬《すく》い上げ、自己実現できるだけの力を与えてしまう。

『僕一人ではそうたくさんの人は助けられない。でも、救い方そのものを伝えていけば、いずれその輪は万にも届いていくはずだ。その果てにある世界を、僕は見たいよ』

『いずれ実現してみせる。神谷の残酷な信念など入る余地もないほど優しい社会——絶対に、切り捨てなんて認めない』

それが、兄さんの譲れない信念だった。けれど兄さんの在り方は、根本から神谷と相反するものだ。神谷が無価値と切り捨てた者の評価を、そうたやすく覆されては困る。だから、父さんは兄さんを廃嫡することにした。僕が生まれるのとちょうど同じ頃に、兄さんを地方へと追いやった。

父さんは時折、唾棄《だき》するような口調で兄さんについて語っていた。

『少数を尊重し、つなげていくなど戯言《たわごと》を。その道は奈落へと続いている。才、惑わされるな。綺麗事を吐く者こそが魔の者だ。あいつの思想はこの世に地獄を顕現させる』

神谷の忌《い》み子として遠ざけられてしまった兄さん。けれど僕は時々兄さんと会っていた。

兄さんは僕が悲しんでいる時は、どこからか必ずその情報を聞きつけて、一も二もなく渋谷まで駆けつけてくれた。

お盆の初日の夜には、二人だけで迎え火を焚いて、お母様の話をするのが、僕らの毎年の楽しみだ。

有能なのに生きにくく、それにひどく脆《もろ》いところを併せ持つ。だからこそ、僕はこの人を尊敬していた。

衣緒兄さんが人を殺してでも勝つというのなら、僕も、それを――。

2

「……才、そんなことを言わないでくれ。僕が一人でやるから才は大人しく隠れ――いや、はっきり言おうか。才がいるとね、かえって邪魔になるんだよ。迷惑なんだ。僕についてくるのは許さない。これは命令だ」

らしくもない強い言葉だ。しかし、折れるわけにはいかない。

『協力させて下さい』『認めない』、『協力させて下さい』『認めない』――完全な平行線だった。このままでは埒《らち》があかない。だから僕は、最後の手段に打って出ることにした。

机においてある筆箱からカッターを取り出して、自分の首に突きつける。

「――才⁉」

過剰なまでの反応を見せる兄さん。

「カ、カッターを下ろすんだ、才。首に傷がつくとどれほどの血が出るか知らないのか……？　才まで、お母様のように……！」

十年前に、短刀で首を突き自殺したお母様の死体を最初に発見したのは兄さんだ。そのトラウマを刺激する。兄さんの数少ない弱点を利用する。

最低なことをしているのはわかる。でも、手段を選んでいられない。

「兄さん、考えてもみて下さい。もしも、僕が兄さんに全てを任せどこかに隠れていたとしましょう。その場合、兄さんが死んでしまったら僕はその後、為《な》す術もなく殺されてしまいます。現状、僕は兄さんというアドバンテージを失ったら、候補者中最弱なんです」

カッターの刃を、さらに伸ばす。

「いいですか、兄さん。僕は兄さんの死後に自分が生き残る可能性を上げるためにも、神谷の技を教えて欲しいと言っているんです。あなたを助けるためじゃない、僕のためだ。生き残りたいという弟の願いを無下にするのですか！」

もちろん、この論理には山ほどの穴がある。兄さんを論破するなどとてもできない。だが、思考を乱した兄さんなら、あるいは――。

「……っ！」

兄さんは左右非対称の表情を浮かべた。顔の左側を苦渋に歪めながら、右の目で、眩《まぶ》しいものを見るかのように僕を見る。

「そこまでの覚悟、か……いつの間に、才はそんなに……」

深く肩を落としながら、兄さんは頷いた。

「……いいよ、わかった、わかったよ才。才を子供扱いした僕が間違っていた。たしかにそうだ、過保護は本人のためにならない……この世界の中で、君一人だけで生き残れるだけの強さを、僕が与えよう」

「…………！」

僕はひそかに拳《こぶし》をぎゅっと握りしめた。

「だけど危険な真似《まね》だけはしないと誓って欲しい。もしも、危険が及ぶと判断したら、監禁してでも僕は才を争いから遠ざける」

それから、と衣緒兄さんは言う。

「――自分の命を担保とするのは、政治家として愚策中の愚策だと言っておく」

「…………！　はい、本当にすみませんでした……」

生まれて初めて向けられた衣緒兄さんの怒りの声に身を震わせながら、カッターを下ろした。刃を引っ込めながら、二度とこんな最低な真似はしないと深く誓う。

とにもかくにも、契約は成った。僕はこれから兄さんと一緒に『神谷』に向かって歩みはじめる。大人になるんだ、僕は。

「それじゃあ才。君に政治家としての自衛手段を教えよう。人を味方につけ、敵を廃する――神谷の技のレクチャーをはじめる。全力でついてくるといい」

兄さんは、ホワイトボードを部屋に運び入れると、その前に立った。僕は椅子に座り、兄さんに向き合う。兄さんが教師、僕が生徒。授業の内容は『神谷の技』。

まず行われたのはルールの再確認だ。昨日光の文字によって告知された剪定選挙のルールを記していく。

「殺したい人の名前を書いて投票用紙を投函し、得票数一位の者が命を落とす——一位の者が死に当選する選挙、とでも言おうか」

『選挙は一週間に一度開催される』

『選挙権と被選挙権を持つ者は神谷の血族に限られる』

『各選挙の投票時間開始前に血族には投票用紙が配られる』

『投票用紙を持つ者は、神谷家に最も不要と思われる者の名前を枠内に記し、指定の投票所にて投函する』

『選挙によって第一位となった者は選管により剪定される』

『同得票数により一位が複数名となった場合は、その全員が剪定される』

『投票所に一度に入ることができるのは一名のみ』

『投票所に一人が滞在できる時間は三分間に限られる。時間を過ぎた場合は投票所の外へと排出される』

『投票以外の手段で他の候補者に危害を与えた者は選挙違反者として死刑に処す』

『最後に残った一名のみが、神谷家の正当後継者として世界の外に出ることを許される』

「オも気づいているとは思うけど、このルール説明には足りないところが山ほどある。普通想定される事態についての説明が欠けている」

「はい、たとえば全員が白票を投じ選挙不成立となった場合にどうなるか、それについて記されていません」

「うん。やり直しの選挙が行われるのか……あるいは、別の罰があるのか。ぜひとも知りたいが、検証はもう、永遠に不可能になってしまったね。全員が選挙を放棄するなど、神谷においては絶対にありえない」

実際に、昨日僕がそれを伝えても誰も投票を放棄しようとはしなかった。このルールを制定した何者かは、神谷の習性を見越していたのだろうか。

「それからルールの決定的な矛盾点はもう一つある。もしこの剪定選挙がずっと続いた場合、次第に参加者は減っていく。そうしてもし仮に最後に二人が残った場合。二人がお互いに投票したりしたら——得票数一票ずつで二人とも同票一位。全滅だ」

「他にも、投票用紙の受け渡しが可能なのかもルール条項からはわかりませんね。投票用紙への記入は、投票所以外の場所でしてもいいのか、それもわかりません」

「まあ、ルールの不透明性を嘆いたところで始まらない。とにもかくにも、現在提示されたルールの中で勝つことだけを考えよう」

兄さんは言いながら、ルールに関する条項を消した。

次に、この選挙の『候補者』の名を記す。
「現在、投票権を持っている神谷家の血族は以下の十五名となる」

剪定選挙有権者（選挙権・被選挙権有）

神谷衣緒
神谷才
神谷ジュリ
神谷無斗
神谷零斗
神谷雹夏
神谷夕間《ゆうま》
神谷昭吾《しょうご》
神谷喜一《きいち》
神谷透《とおる》
神谷葉花《ようか》
神谷葉代《ようだい》
神谷尼子《あまこ》

神谷静斗《せいと》
神谷陽《よう》

すでに殺された柾恵さんの名前はない。選挙が進めば進むほど、有権者は減っていく。『血族』。この選挙における最重要ワードはそれだ。殺し合いに巻き込まれるのは神谷の血を引く者のみ。本邸のお手伝いさんたちや咲恵ちゃんたちは本質的に無関係だ。選挙で人を殺すことも殺されることもない。

無関係な咲恵たちを醜《みにく》い争いに巻き込んでしまったことが、本当に申し訳ない。

「血族は十五名。過半数の八票を確保してしまえば勝ちだ。前提は覆るものだけど、まずはこれを肝に銘じておいて欲しい」

八票——僕らはまだ二人だけ。兄さんの熱狂的なファンであるジュリさんは間違いなく僕らの味方についてくれるだろうが、それでもまだ三票だ。安全圏までは残り五人。

「ここからはスピードが肝心になってくる。無斗叔父さんに先に僕らより大きな派閥を作られてしまったらアウトだ」

「……絶対に、そうならないように僕も兄さんに協力します。賛同者を——仲間を二人で集めましょう」

この世界で仲間を増やす。しかし改めて考えてみると、それは難しそうだった。現実世界なら神谷の名前を出して利権をかざせば、いくらでも利に敏《さと》い者を集めることができたが、ここにいるのは全員神谷だ。相手に提示できるメリットが今のところない。

「もっと、無条件に人に好かれるカリスマ性のようなものが、僕にもあればよかったのですが……」

言うと、「カリスマ性、ね」と衣緒兄さんはくすりと笑った。

「難しく考えなくていいんだよ、才。人たらしに才能が必要ないとは言わないが、魅了なんて小さな技術の集合体だ。基本を押さえておけば、人望なんていくらでもついてくる」

たとえば、と衣緒兄さんは言う。

「僕はこの板書の最中に、才から一度も目をそらしていないよね。小さいけれど、これも人を引きつける技術の一つだ」

兄さんは自身の目を指さしながら続ける。

「人間の集中力は本人が思っているよりも遥かに短く断続的なんだ。相手が目をそらした途端に、別のことを考え出す。大きくなったら塾でバイトをしてみるといい。先生が黒板の方を向いて背中を見せた途端に、子供たちは小鳥のようにぴよぴよとさえずりだすよ」

背中を見せない。たしかに器用ではあるが、この程度で人に好かれることができるなら、キャリアを積んだ教師や講師は皆教室の支配者になれてしまう。

まさか、僕がまだ子供だからと当たり障りのない話で煙《けむ》に巻《ま》こうとしてるんじゃ――。

「疑っているね。でも本当に、魅了なんてちょっとしたことの積み重ねなんだ。それを何より証明しているのは――才、君が僕に向ける目だよ」

「僕の、目……？」

「才はけっこう負けん気の強い子なのに、僕のことは兄として無条件で立ててくれるよね。こんな修羅場でも迷わず僕に全てを預けてくれる。ふふ、嬉しいよ。でも、才が僕にくれるその絶大な信頼や尊敬も、実はちょっとした技術によって僕が創《つく》り上《あ》げた幻想なんだ。僕への尊敬に、明確な根拠とかないだろう？」

「根拠ならあります。兄さんの成し遂げてきたことは、弟の僕が誰よりも知っています」

「知ってはいても、直接見たわけじゃないだろう？　僕らは十五も歳が離れてる。才は僕のしたことを目の当たりにはしてないはずだ」

そんなことはない。困った人の元に颯爽《さっそう》と現れては奇跡のように状況を推進していく衣緒兄さんの姿が、僕の記憶にははっきり残って――いや。

改めて洗い直してみると、それはどれも僕が伝聞から描き出したイメージの映像だ。だいたい、兄さんは僕が生まれてすぐ遠方に追いやられてしまったし。

「――――」

たしかに僕は兄さんの偉業を直接は目にしていない――なら、どうしてこれほどまでに兄さんに心酔しているんだ、僕は。

「そんなものだよ、人が人に抱いている評価の正体なんて。印象から創り上げた幻想に過ぎない。そして印象の操作なんて、たやすいものだ」

見ていてごらん。兄さんは言いながら、窓枠の桟《さん》に腰掛けた。吹き込んできた優しい風に髪をなびかせている兄さんの横顔は——。

「才は今こう思ったんじゃないかな、『神々しい』と」

心を読まれた……!?

「後光を浴びた人間を目にすると、人はそこに神秘を感じ取るんだ。光背、といってね。元は宗教美術の技法だよ」

思い出す——記憶の断片に残る実際の兄さんの姿はどれも、一枚絵のように完成されていた。

この世界に来て最初に目にした兄さんも、空から落ちる光の中に立ち尽くし、神秘性を帯びていた。あれすらも、僕が来ることを見越しての演出だったのだとしたら。

「ほおら、種を明かせばあさましいものだろう、僕なんて。失望した?」

……失望? まさか。日常から演出を徹底できる精神性が、もはや人とかけ離れているような気さえする。

魅了とはシンプルな技術の集積によって成る。僕はその教えを深く胸に刻み込む。

「さて、前置きのすんだところで具体的な話をしよう。僕らがやるべきは明白だ。僕らに賛同してくれそうな人に会い、ちょっとした技術によって信頼を勝ち取り、うちの派閥に入るという確約を取り付ける。父さんがよく料亭でやっていたあれだ。——今日から早速、仲間になってくれそうな人の家を回るよ、才。各個撃破といこう。本当の選挙では戸別訪問は禁止だが、剪定選挙にそんなルールはないからね」

一人ずつ仲間を増やす。衣緒兄さんは簡単に言うけれど。

「神谷が、そう簡単になびいてくれるでしょうか」

「もちろん、神谷の本筋やその近辺を取り込むのは難しい。けれど、神谷の血がそう濃くもない傍系の人たちならば、たやすく仲間になってくれるはず」

衣緒兄さんはホワイトボードに『惑わしの五過程』と記した。

「重要な過程は五つだ。玄関を開けてもらう、玄関先に上がり込む、玄関先に座り込む、家の中に上がり込む、次の訪問の約束を取り付ける」

僕の方を向きながら板書していく。書家のような美しい字だ。

「このうち、一番難しいのは『玄関を開けてもらう』ことだ。才、君が家主だとして、ドア越しにどう声をかけられたら玄関の鍵《かぎ》を開ける？」

問われて、考える。ただ単にインターフォンを押されてもダメなのはわかる。こんな異常な世界でいきなり誰かが家を訪ねてきたら、それは恐怖でしかない。

「……元々僕に親しい人が仲介に入ってくれたら。もしくは、僕が欲しているものを持ってきてくれたら――」

この無人の渋谷で手に入らないもの――具体的にはすぐに思いつかないけれど。

「あるいは情報……自分はこの世界からの脱出方法を知っている、なんて言われたら興味を抱かざるを得ないと思います。その真偽はともかくとして」

「うん、とてもいい線をいっている。ほとんど正解と言っていい――玄関を開けさせるのに必要なのは、具体的な『救い』だ」

兄さんはにこっと笑い、「目を瞑って、才」と言った。目を瞑る――。

「――クロノス世界は砂漠だよ、才」

「――――っ⁉」

耳元で艶のある声が響き、身体がビクッと跳ねた。目を開けると、遠間にいたはずの兄さんの唇《くちびる》が耳元にあった。

「才、気づいているかな。このクロノス世界においては、生活を送る上でのある必需品が流通すらしていない。まるで水のない砂漠だよ。そこを牛耳《ぎゅうじ》ることができれば、数人は取り込める」

3

神谷昭吾。現在五十歳で、元公務員。市役所を早期退職した後は渋谷区議を三期も務めていたベテランの政治家だ。今は勉強のためにと大学院に籍を置いて浪人しているが、来年からのさらなる飛躍が期待されている。

昭吾さんはクロノス世界のエリア内に自宅が再現されているので、そこにいる可能性が高い。家は二階建ての小型高級アパート。外廊下から部屋のインターフォンを押したが、音は出ない。電気は本当に最低限しか通っていないようだ。

「大事なお話があるんです。どうしても、昭吾さんにお届けしなければいけないものがあるんです」

兄さんがノックをしながら声をかけるが反応はない。こうまで真っ向から行くとはさすがに予想外で、僕は眉《まゆ》をひそめた。案の定ドアは開かず——兄さんはあまり粘《ねば》らずに、最後に中に呼びかけるように言った。

「郵便受けの中にお手紙を入れておきました。お願いですからそれだけでも見て下さい」

ドアの郵便受けに封筒を投函した兄さんは、その場から立ち去り——数歩だけ離れたところで突然立ち止まった。なんだ、と兄さんの顔を見上げると、真剣な表情で目を瞑っていた。

「うん、中にいるね。かすかに足音がする。今、郵便受けを開けた。十秒以内に手紙を見た——開くよ、才」

目をゆっくりと開きながら、兄さんがそう言うのと同時に、

「衣緒！　お前、なんで知ってる……！」

当の昭吾さんが玄関のドアを勢いよく開け、飛び出してきた。

昭吾さんは兄さんが投函したばかりの手紙を片手にくしゃっと握りしめている——手紙に記された文言はこうだ。

『癌《がん》は適切な治療を怠ると手遅れになります。もし治療の意志があるのなら、医者の僕にこっそり連絡を下さい。誰にもバラしません』

＊＊

「水や食料にも比肩する必需品。それは……医療、ですか？」

この世界にはほとんど存在しておらず、兄さんなら皆に提供できるもの——兄さんは医者だ。なら、医者として病気の治療ができる。

「正解だ、才。さすがだね。うん、素晴らしいよ」兄さんは誇らしそうに、僕の解答を喜

んだ。「若い才にはピンと来ないかもしれないけれど、五十を過ぎれば人には一つか二つは必ず持病が生じるものだ。治療を怠れば命に関わる場合もある。医療は、医者の僕だけが提供できる最高の『救い』だ」

兄さんはホワイトボードに『神谷昭吾』と一人の親戚の名前を書いた。その下に『癌』と情報を書き加える。

「政治家だから隠しているけど、昭吾さんは尿路や前立腺に癌を患っている。この世界で癌を放置していれば、取り返しのつかないことになる。他にも――」

『神谷尼子　1型の糖尿病』――『神谷葉代　慢性の腎臓病《じんぞう》』――『神谷透　血液が凝固しやすい』

「なぜ、どこでこんな情報を……⁉」政治家にとって、病歴の流出は致命傷ともなり得る。皆、厳重に隠しているはずなのに。

情報の出所を聞くと、兄さんは僕の学習机を指さした。

「その机の中には山ほどの個人情報が眠っているよね。どこの小学校に通っているのか、成績はどれくらいで、保護者は誰で、先生は誰で、これまでどんな病気をしてきたか――家の中には個人情報が野放しになっているものだ」

「家の中に、入ったということですか……⁉」

神谷本家の長男が……あの心美しい兄さんがまるで泥棒のような――思わず席を立ち、

詰め寄った。しかし兄さんは表情一つ変えることなく泰然と立つ。

『覚悟はもう決めたから』――目が、そう言っていた。

……そうだ、なぜ僕は正義の立場から兄さんを詰めているんだ。いずれ僕らは遠からず、人殺しになるんだ、これくらいで動揺していてどうする。

「才、僕がどのタイミングで親戚たちの家から情報を抜き取ったかわかる?」

いつ……夜の間か? いや違う、その頃にはもう皆、家に帰っていたはずだ。他に、衣緒兄さんが皆の前から姿を消していたタイミングは――。

「父さんの死体を収容した、後……」

昨日、兄さんは父さんの遺骸《いがい》を仏間の布団に収容すると、『見回りをしてくる』そう言って姿を消した。一人悲しみに暮れているものだとばかり思っていたが――兄さんはあの時すでに覚悟を決めていた。

「動きの早さは勝利を決める決定的な要因にはなり得ない。大切なのは、動き出しの早さだ。先読みし、誰より早くスタートを切る。最速とはそういうことだ。政治家とはそういうものだ。――神谷に切り替わるというのはそういうことなんだよ、才」

＊＊

癌という病状を暴《あば》くことで昭吾さん宅のドアを開けさせることには成功したが——昭吾さんはひどく警戒した様子だ。玄関先に仁王立《におうだ》ちし、兄さんに詰め寄っている。

「俺の病気をなんで知ってる⁉　どんな手を使った……！」

「誰からも聞いていません。でも、見ていればわかりますよ。酸素の欠乏しているその肌の調子、無意識のうちに下腹に手をあてる仕草。シャツのかすかな膨《ふく》らみはストーマですね。位置からすると、人工膀胱《ぼうこう》ですか？　ベルトがゴム製なのはそのためですね」

……昭吾さんの剣幕は、傍《はた》で見ているだけの僕も恐怖を覚えるほどに威圧的だが——兄さんは表情も変えず淡々と受け流す。そして一分ほど経《た》つと昭吾さんは叫び疲れたのか、今度は疑念の表情を浮かべた。眉をひそめ、窺《うかが》うように兄さんを睨む。

これは、兄さんが予見していた通りの展開だ。ここに来る前のレクチャーで兄さんは僕にこう言っていた。

＊＊

『——出会い頭に重大な秘密を暴かれた者は焦り、激しく混乱してしまう。しかしその種の興奮は続いてせいぜい一分に過ぎないよ。その後にくるのは疑念。このフェイズに入ると会話が成立するようになる。ネゴシエーションがスタートするのはそこからだ』

＊＊

「……選挙か？　あの選挙のために、俺を脅迫しに来たのかあ。そうだろ？　なあ？　そうだろ？　言うこと聞かなきゃ俺の癌バラすのか？」

「あんなおかしな選挙とこれは関係ありません。僕は医者として、病気の治療に来ただけです。お願いですから、治療をさせて下さい。医者として、目の前にある病気を放置するなどありえません」

淡々と、そして誠実な表情で、昭吾さんのかけてくる疑いを否定する。昭吾さんのトーンが少しだけ弱まる――この展開も、事前に予想されたものだ。

＊＊

『――どんなに詰め寄られても、きっぱりと否定するんだ。私はあなたのために来たんです。他に何の意図もありません、とね。心にやましいところがある交渉人は、案外これができない。交渉の冒頭においては、いかなるテクニックも必要ない。誠実を装う胆力だけがあればいい。こじゃれたレトリックなど不要だよ』

教えを実践していく兄さん、兄さんを観察する僕——兄さんの顔を疑念の瞳で見つめながら黙考する昭吾さん。まるで三すくみに陥ったかのように、場に沈黙が訪れた。一分二分と、気詰まりの時間が過ぎる。

＊＊

「………」気まずい。沈黙があまりにも重い。

お互い言葉に詰まっているのなら、何か僕が助け船を出した方がいいのだろうか。言葉を発しかけたが、僕はすぐにその口をつぐんだ。

ここに来る前に、兄さんにそう厳命されていたからだ。

『いいかい、才。昭吾さんの家では決して声を出してはいけないよ。言葉を発したら死んでしまう国にいる。それぐらいのつもりで、口を閉じていてくれるかな』

この状況まで、兄さんは見越していたのだろうか。何のために黙るのか。このチャンスに、医療という『救い』の価値をプレゼンするべきなんじゃ——。

兄さんが次に言葉を発したのは、昭吾さんが腕を組み替えたタイミングと同時だった。

「白衣と問診票を取り出しますので、鞄を置かせて下さい」鞄を置く兄さん。

白衣を着用し、聴診器を首にかけた衣緒兄さんは次に、玄関に置いた鞄から問診票を取り出し――そのまま玄関先に座り込んだ。

「…………っ！」あまりにも図々《ずうずう》しい。兄さんが昭吾さんに蹴飛《けと》ばされやしないかと、僕の心臓は早鐘を打つ――けれど。

「…………」昭吾さんは怒りもせずに、あぐらをかいて兄さんのとなりに座る。なし崩しで問診を受ける感じになっていた。

……つい先ほどまで散々僕らを怒鳴《どな》っていたくせに、なんでいきなり素直に患者になっている？　何か、衣緒兄さんがやったのか？　いや、解釈は後でいい。今は学ぶんだ。観察しろ、兄さんから全てを盗め。

兄さんは問診票を書いてもらいながら、昭吾さんから現在の病状について聞いていく。昭吾さんはまだ僕らを警戒しているようで、口調はぼそぼそとしていた。

それでもなんとか一通り病気に関する情報を聞き出した衣緒兄さんは次に――昭吾さんのことを褒めだした。「素晴らしい、適切な治療です！」「お手本のような治療フローです」「初期治療が適切だったから、進行が小康状態にまで落ち着いたんですね」「うん、これなら根治の可能性は高い」「先生が名医だったんですね！」

笑顔で褒める。しつこいくらいに全ての要素を褒め続ける。淡々としていたこれまでとのギャップがすごい。逆にバカにしているのかと疑うほどに、おおげさな褒め方だった。

この行動の意図は――？

「ああ、いい先生だ……信用してる。俺の命の恩人だ」昭吾さんは自分の担当医を褒められてまんざらでもなさそうだった。表情が綻《ほころ》んでいる。褒めるのはこのためか、とさすがにわかる。記憶のメモに刻み込む。

昭吾さんは、紙に記されたこれまでの治療の流れを目を細めて見つめつつ、頷いた。

「長いよな、癌との闘いってさあ……。だけど死ぬわけにいかないよなあ……区議にまで辿りついたんだから、ここで終われない。まだ五十だしな、俺」

呟くようにそう言った昭吾さんに対し――兄さんは何の言葉も返さなかった。急に言葉を消し、『話の続きはまだですか?』そう言わんばかりの態度で昭吾さんの表情を見つめている。昭吾さんは、少し怪訝《けげん》そうにしながらも、身の上話を継いでいく。一人で。

「社会経験つんでさ、やっと区議になれてここからだってのによ、どうしてこう試練が続くかねえ……」

兄さんはまた言葉を返さない。尚《なお》も黙って、昭吾さんの顔を見ている。

「公務員時代の俺、担当部署福祉だったんだよ。生活保護受けにくるおっさんとかに説教すんの。なんでせっかく神谷に生まれておいて、そんな仕事しなきゃなんないんだよ……やってらんないっつーの。ご当主さんに頼み込んで、やっと区議に立候補する許可もらえたのは三十代の後半でなぁ……」

兄さんはまだ黙り続ける。

「そんだけ苦労して政治家になったってのに、これからだって時に癌ってなんだよ……でもさ、負けるわけにいかないんだよ。嫁もずっと昔に急性白血病で死んでるからな……夫の俺まで死んだら病気ごときに二連敗したことになるだろ。そりゃ受け入れらんないよ」

兄さんがあえて会話のキャッチボールに応じていないのはわかる。そこに、何らかの技術が潜んでいるのも。だが、わからないのは昭吾さんだ。一方的に情報を漏らす自分に、疑念とか抱かないのだろうか。

「………」僕はここに同行する前、兄さんの芸術的な話法が聞けるのだと期待していた。けれど実際の交渉の場にあったのは、気まずさと重々しいハラハラだけだ。

「それに娘がいるからな……累《るい》にはもう俺しかいないのに、死ぬわけにいかねえだろ」

娘――昭吾さん自身の口からその言葉が出た途端に、兄さんはおおげさなまでの反応を見せた。

「娘さんを一人にしないために、こんなに辛《つら》い治療に耐えて……」「娘さんを本当に大切に思っているんですね」「娘さんのためにも絶対に病気を治さなくちゃいけませんね」

昭吾さんにかける言葉に『娘』というワードを頻出させているあたりに意図的なものを感じる。

そうしているうちに、昭吾さんの顔つきがまた如実に変わっていく。覚悟を決めたような表情で、「累……累……」と元の世界に残してきた娘さんの名前を呟いている。兄さんが『娘』というワードを露骨に増やしたのは、親心を呼び覚ますため、か……？

「ところで聴診もしたいのですが、二脚の椅子で向かい合っている状態でないと正確な診断はできないんです。お手数なのですが、椅子を二脚貸していただけますか？」

兄さんの要求に昭吾さんは少し嫌そうな表情を浮かべはしたが、「上がれ」と僕らのことをリビングにまで導いてくれた。兄さんはテーブルにつきつつ、昭吾さんににこやかにお茶を要求した。

昭吾さんは「図々しいなお前ら」と苦言を吐きつつ、お茶をいれにキッチンへと向かう。この隙に僕は兄さんの耳に口を寄せ、疑問を問いただすことにした。

「兄さん、どうして昭吾さんはあんなにぺらぺら自分のことを話すのですか……？」

「人間というのはね、元来とても気遣い屋な性質を持っているんだ。相手に不快な思いをさせてはいけないと、常に気を張っている。会話中に空白が生じたりしたらもう大変だ。この気詰まりな時間を何とかしないといけないと焦り、言わなくてもいいことまで話してしまう」

ふふ、と衣緒兄さんは笑う。

「今日の交渉はこれでもだいぶ言葉数が多い方だよ。料亭での政治家同士の交渉なんてもっとひどいものなんだから。ぼそぼそと交渉材料の権益を提示して黙る。その繰り返し。アンドロイド同士の会話みたいでおもしろいよ」

言葉を消せば相手が話す――それはわかった。多分、そうなのだろうと予想もしていた。けれど、玄関先に勝手に座った時に昭吾さんが怒らなかったのはどういうわけだ。

「手品と同じ。あの時僕は、問診票を取り出すために屈《かが》んだだろう？　屈む、という行為のついでの流れで座ったから、昭吾さんは僕に怒鳴れなかったんだ。ついでの行為は決して咎められることはないんだよ。相手が怒るタイミングを逸《いっ》してしまうからね。何かのついでなら心臓を抜き取ったって許される」

話を聞くたび、どくっどくっと身体に経験値が入り込んでくるのがわかる。けれど僕は、自分の成長を素直に喜ぶことができない。僕が今、兄さんから技術を学んでいるのは、殺し合いの選挙に勝つためだ。僕の成長はそのまま、対立陣営の死に直結している。

そしてもし仮に、剪定選挙が進んだとしよう。対立陣営を殺し尽くしてしまい、いよいよ味方の内から次の人柱《ひとばしら》を選ぶ必要が生じた場合――真っ先に、殺されるのは昭吾さんではないだろうか。癌があるこの人ならば、殺す罪悪感は少ない。

……救いをもたらす天使をよそおい仲間内に引きずり込んでおきながら、用がすんだら人柱。自分たちのあまりの極悪に、逆に笑いが漏れそうになる。

でも、今更やめるわけにもいかない。僕は兄さんの教えに耳を澄ませる。

「見てて、才。ここからがらりと昭吾さんの態度が変わってくるよ。訪問してきた客にお茶を出すとね、人は迎える側としての義務に芽生《めば》えるようで、相手にさらに気を遣うようになるんだ」

　実際、そこからの昭吾さんはまた態度を変えた。笑顔が増え、付き添いに過ぎない僕にお菓子まで出してくれた。すっかり治療を受ける気になったようで、聴診を受けつつ話に熱心に耳を傾けている。治療のフローも決まる。兄さんを主治医と認めている。

　あまりの手際の良さに瞠目《どうもく》してしまう。だが最大の驚きは、まだ先に控えていた。

「ところで昭吾さん」衣緒兄さんは不意に言った。「まだ僕に、隠していることがありますよね」

「⁉」昭吾さんは如実に驚きの表情を見せた。

　目を伏せたまま、隠し事があることを否定しない昭吾さん。兄さんもまた同じように沈黙し、昭吾さんの反応を待ち続ける。

　次第に、昭吾さんの額に脂汗が浮かぶ。呼吸が乱れ表情が歪んでいく。その時、ちらりと昭吾さんは横目で廊下の方を見た。

「なるほど」

　兄さんは言った。

「娘さんは奥の部屋に隠れているんですね」

昭吾さんの顔が蒼白《そうはく》になる。

……兄さん、何を言って——昭吾さんの娘さんは、この世界には巻き込まれていないはずなのに。本家では一度も姿を見ていない。だが、奥の部屋のドアは開いた。

高校の制服を着た神谷累さんが目を伏せつつ、こちらに歩いてくる。

「パパ、ごめん……実は昨日、衣緒くんとはもう会ってたんだ。黙っててごめんね」

なんで——いや、でも考えてみればそれは十分あり得ることだった。僕ら神谷は有事の際は本邸に集まるように義務づけられてはいるが、皆が皆それを遵守《じゅんしゅ》するとは限らない。

「あのさ、パパ……。累、選挙とかはよくわかんないけど、パパは絶対衣緒くんと一緒にいた方がいいよ。パパ単純だから、騙し合いとかそういうの無理じゃん」

そもそも投票権を持つ者は十五人じゃない。兄さんはちゃんと僕にヒントを出していたのに。『前提は覆るものだ』と、さりげなくそう言っていた。

『十五票を取り合う勝負』とルールを提示されたその次の瞬間にはもう、十六票目を探しに動く。人がスタートを切る時にはすでに勝負を決めている。政治家に必要なのは周到さなのだと、僕はこの時にガツンと思い知らされた。

決意も技術もそして覚悟も、僕には何もかもが足りていなかった。

「歓迎します、昭吾さん、累ちゃん。これからは一蓮托生《いちれんたくしょう》、派閥を組んでこの世界を一緒に生き抜いていきましょう」

僕は成長しなくてはならない。今のままでは役に立てない——なのに。

僕は心のどこかで、これらの技を学ぶことを拒んでいるようだった。

4

昭吾さん宅のリビングに椅子を半円状に並べ、中央に立つ兄さんをゆるく囲む。

「才くんだ才くんだ。へへ、相変わらずかわいいね。将来は間違いなくイケメンだねぇ。たっまご肌ー♪」

高校の制服を身につけた累さんが、僕の頰をしきりに触ってくる。昔から、累さんは距離の近い子だった。僕のことを膝に乗せたいようで、腕を強く引っ張ってくる。

「もう、才くんは強情だなあ。恥ずかしがらずに累のお膝に座りなよ。ふぐぐっ……！」

「ごめん累さん、恥ずかしいから」愛想笑いを浮かべて流す。

けれど、嫌ではなかった。本家の子である僕は親戚から遠巻きにされることが多いので、この距離の近さはいっそ新鮮なくらいだ。

「ね、ねえ累ちゃん、静かにしてくれないかしら！　い、衣緒様が、これから話すんだから！　騒ぐなんて不遜《ふそん》よ、不遜だわ……！　黙って、お願いだから……！　黙れないなら出ていってぇ!!」

騒ぐ累さんを注意したのは神谷ジュリさんだ。兄さんに昔から心酔している彼女は、二つ返事でうちの派閥への加入を了承してくれた。

「ジュリちゃん、騒いだのは謝るけどさ、出ていけはひどくない？　ここ累の家なんだけど。悲しくなっちゃうからそんな怒んないでよー。女の子同士仲良くしよ。ね？」

「…………」ジュリさんは何も聞こえないかのように、累さんの言葉を無視する。

「もう、だからジュリちゃんそういうの！　無視って一番感じ悪いよ！　仲間なんだから少しくらい累とも話そうってば。ねえ？」

「…………」ジュリさんは平然と無視を続ける。……昔からこうだ。

昭吾さんは娘の累さんの様子を横目で見つつ、腕を組んで端《はし》の椅子に腰掛けている。

兄さんは「ふふっ」と微笑を浮かべつつ、騒がしい僕らのことを見つめていた。定刻が来ると同時に話し合いを開始する。まずは趣旨の説明。

集団を作り票をとりまとめ、選挙の行く末をコントロールすることで、自分たちが殺されないためのセーフティーを形成する。それがこの派閥の目的だ。

「僕らは決して殺し合うことはない。もしも選挙が続けば、いずれ僕らも敵同士になってしまうかもしれないが――その前に必ず僕が世界からの脱出方法を見つけてみせる」

そして早速本題へと入る。

本日の議題は、次の第二回剪定選挙で誰に票を集中させるか。

「僕らの派閥には十六分の五票がある。次の選挙では僕らが票を集中させた者が一位となるだろう」

すでに僕らの手には、人を殺す権利が握られている。言われても、実感が湧いてこない。本当に、人を殺すのか僕は——なぜか、死体となった父さんの姿が脳裏をよぎる。

「先に聞いておくけれど、みんな、この派閥以外の人で誰か殺したくない人はいる？　投票をしてはいけない人のリスト——プロテクトリストを作ろうか」

兄さんの呼びかけに、お互いに目をやる衣緒派のメンバー。

「……親戚の人殺すのとか、もちろんやだよ。仲いい人とかふつーにいるもん。でも、自分が生き残るために人を殺そうって時にさ、殺したくない人の名前あげるとか、それも逆にエゴって感じがするんだよね」

累さんは一見普通の暢気《のんき》な女子高生だけど、この割り切った考えに素早く至るあたりはやはり『神谷』だ。本家の僕よりも、傍系の累さんの方がよっぽど神谷として進んでる。

このまま誰の名前もあがらないかと思われたその時、一番意外な人が手を挙げた。

「い、衣緒様……わたし、どうしても、死んで欲しくない方がいるわ……。大事な、お、お友達、が！」

長い腕をまっすぐに挙げるジュリさんに、皆ぎょっと視線を注ぐ。

誰もが思った――『ジュリさんに友達なんて存在するの!?』

ジュリさんがあげた名前は『神谷雹夏』。神谷一族の変わり者、やたらと僕のことを描きたがる芸術家。あんな人が、ジュリさんと噛み合うのだろうか……？

「ジュリが望むなら、雹夏さんは投票先から外すとしよう。ふふ、ジュリにお友達ができたなんて嬉しいな。よかったら、雹夏さんもこの派閥に誘ってみよう」

兄さんが言うと、ジュリさんは何度も首を振った。

「雹夏さん……そ、そういうの、いや、みたいだわ。集まるのは、ごめんって！」

たしかに雹夏さんは群れるのを嫌いそうだが、後で交渉してみる価値はある。

と、その時累さんがふと思い出したように言う。

「あれ？ ねえジュリちゃん。ジュリちゃんのお母さんもこの世界にいるって言ってなかった？ お母さんはプロテクトリストに入れなくていいの？」

「い、いいえ……お母さんは、外からお嫁にきた人、だもの。神谷の血は引いていないの。選挙権も被選挙権も、ないわ」

神谷姓であっても、神谷の血を引いていない者には投票用紙は発生しない。その人を投票で殺すこともできない。ちなみにジュリさんのお母さんである神谷リリアさんは、神谷本邸でお手伝いをしてくれている。見た目は気だるげで派手だが仕事熱心で、僕らの部屋をいつも隅々《すみずみ》まで綺麗にしてくれる几帳面《きちょうめん》な人だ。

他にお手伝いさんは雨白雪さんと咲恵の母子、そしてお手伝いの筆頭でご高齢の横間藍《よこまあい》さんがいる。おそらくは、この世界成立時に本邸にいた人たちが神谷と一緒に巻き込まれていると推測できる。

だが、だとすると、秘書兼運転手の加藤光喜《かとうみつよし》さんがいないのはおかしい。父さんがいるところには、父さんの影のような加藤さんも必ずいるはずなのに。巻き込まれた『神谷』以外の人たちにも、何か法則性のようなものがあるのかもしれない。

ともあれ、派閥外の人でプロテクトリストに入れるのは神谷雹夏さんだけということが決まった。

そして次は――ついに誰を殺すかの決定だ。この派閥と雹夏さん以外の候補者から、誰を殺すのかを選び取る。真っ先に名前があがったのは神谷無斗。僕らの叔父だ。しかし、手持ちの五票では確実性に欠けるとして、今回はもっと確実に一位にできる人を狙《ねら》うという話になった。誰だ、今回は誰を投票で殺そうか――いくつかの名前があがり、そのたびに意見が交わされる。

議論の推進速度が半端《はんぱ》じゃない。この場から、罪悪感はまるで感じられない。動き出した神谷はためらいとは無縁。それを思い知らされる。

……この期に及んでまだ手を震わせているのは、僕くらいのものだ。一言も発言できないままに議論は煮詰まっていく。人殺しの段取りがついていく。ついに投票先が決まる。

「神谷夕間さん、だろうね」兄さんが言った。覚悟を決めたような口調だった。

夕間さんは遠縁の親戚で、三十歳。これまで一度も働いたことがなく、上の世代は夕間さんを『神谷一族の面汚し』として蛇蝎《だかつ》のごとく嫌っている。

おそらくだが、黙っていても三、四票は入る。そこに僕らの票を加えれば確実だろう。

僕は次の選挙で、神谷夕間さんを殺す——のか？　そうだ、殺すんだよ。僕は咲恵のためにも死ぬわけにはいかないんだから。生き残るには人を殺すしかないんだから。

5

どれほど心が忌避していても、時間は否応《いやおう》なしに経過する。選挙当日がやってくる。

投票開始十分前に衣緒兄さんと二人で投票所付近の丸いスペースを訪れると、そこにはすでに神谷の血族がほぼ勢揃いしていた。

「…………っ！」辿り着いた瞬間に、異様な気配に気がついた。

気配の出所は、壁際に並べられたパイプ椅子の最前列に座る神谷無斗叔父さんだ。叔父さんは強面《こわもて》の口元をピエロのように大きく歪ませ——嗤っていた。笑みを浮かべたまま、ポケットに手を入れてこちらへ歩み寄ってくる。

衣緒兄さんは僕を背に隠そうとするが、子供扱いしないで欲しい。僕は叔父さんの進路に立ち、まっすぐにその目を見返し対峙する。

「何のご用ですか、叔父さん。挨拶《あいさつ》なら手短に」冷たい声音を吐く。

「そう警戒すんな。なーんにもしねえよ。かわいいかわいい甥《おい》たちの成長度合いをたしかめに来ただけだ」

叔父さんは腰を折り、僕の瞳を間近から覗き込んでくる。トレードマークの色眼鏡越しに、叔父さんと目が合う。

「………っ」

叔父さんの瞳は真っ暗だった。光が消えているどころじゃない、まるで古い木の虚のよう。周囲の精気を吸い込みそうな不吉さがそこにある。

「まだ割り切りはできてねえ、か。神谷にはほど遠いな。兄貴も教育が足りてねえ。まだうちの零斗の方がましなくれえだ」

無斗叔父さんは早々に僕を見切ると、あらためて兄さんに向き合った。

「衣緒、お前の方はいい具合に極まってるじゃねえか。だーれも殺さねえって理想をあっさり捨てやがったか。目ぇ見りゃわかる。いいねぇ、掌《てのひら》くるっと返すあたりは政治家らしい。だが、その道で俺と戦えると思うなよ。元聖人君子の高級メロンちゃんの分際で」

「ええ、叔父さんとは戦いません。対等な者同士でないと、戦いは成立しませんからね」

虚のように真っ暗な瞳と、凪の海のような澄んだ瞳がぶつかり合う。僕はそこに入れない。『神谷』としては最後発な僕では、まだあまりに力不足だ。

神谷無斗。

若い頃は国士を目指し神谷の議席を望んだらしいが、後継ぎの座は長男である父さんに奪われて、警察に入ることを強要された。叔父さんが警察で地盤を固めてくれれば、神谷で政治関連の会社を作る時に警察OBを外部から受け入れなくてもよくなる。

さぞ憎いだろう、僕ら本家が。いや、敵にのまれている場合じゃない。今回僕は叔父さんを出し抜く策を一つ用意している。

僕はいよいよ投票所へと向かった。高い位置の窓から薄ぼんやりとした月の光が差し込み、内部は仄《ほの》かに照らされている。プラネタリウムのような丸い天井、中央に置かれた投票箱、記入台とそれに付属する椅子。

僕は投票用紙を二枚、記入台に置いた。一枚は僕の、もう一枚は累さんのものだ。投票用紙の受け渡しは、ルールで禁止されていない。

一票を争う勝負の中で、正体不明の一票は、後の決定打ともなり得るものだ。それに僕が投票を肩代わりできれば、累さんは投票所に来る必要がなく、その存在を隠しておくことができる。――隠れて動ける黒子を一人作ることができる。

僕は息を深く吐く。

前回は名前を記さなかった。自分が生き残るために人を殺すなんて嫌だと、甘い理想に浸《つ》かっていたから。

でも、すでに賽《さい》は投げられた。僕が責任を果たさなくては、衣緒派は前に進めない。僕が、やるんだ——！

一気呵成《いっきかせい》に『神谷夕間』と名前を記す。一票分の殺意を投票箱へと投函する——と、僕はふと気づく。

投票所の奥に設置された鏡に、僕の姿が映り込んでいる。……なんて悪趣味な鏡だろう。

〝開票速報〟

一位　神谷夕間　九票

二位　神谷衣緒　四票

三位　神谷葉花　二票

6

ふらつく足で帰路につく。視界は濁《にご》り、息は乱れた。自宅までの数キロ程度の道のりがあまりに遠い。

夕間さんが殺されていく様を、僕は最後まで見届けた。飛び散る血、ちぎれた手足、甲高《かんだか》い断末魔《だんまつま》――あまりにも凄惨《せいさん》な光景だった。夕間さんをああしたのは自分だという事実が、全身にのしかかってくる。

電柱の陰に吐いてしまおうかとも思ったが、こらえて踏みとどまった。吐き出してはいけない。決して、楽になろうとしてはいけない。胃の腑《いのふ》を焼く、強烈な業を飲み込んだまま生きていく。それが、人を殺してしまった者のせめてもの責任だ。

凛《りん》としろ、政治家としての矜持《きょうじ》を保《たも》て。これで終わりじゃないんだぞ。世界からの脱出方法は、そうすぐには見つからないだろう。その間、生き残って咲恵を守るためには、あと何人かは必ず殺す必要があるはずだ。この程度で、くじけてどうする！

左右の足を機械的に動かしていくうちに、神谷本邸が見えてくる。僕は門の手前で空を仰ぎ、深く息を吸いこんだ。十分に精神を整えてから、玄関の引き戸を開けた。

「才様おかえりなさいませ。遅かったので心配しておりました」

玄関先で待っていてくれた咲恵は、僕を見るなりサンダルを履いていそいそとかけよってきた。

咲恵は晴れやかな笑みを浮かべながらも、少し心配そうに僕を見る。

いつだって僕を案じてくれる咲恵の優しさに、じわりと涙がにじんできそうになった。

でもだめだ、決して甘えてはならない。気付かれてはならない、僕が人殺しに変貌《へんぼう》してしまったことは。

「心配かけてごめん。少し用事に手間取ってしまってね。――ただいま、咲恵」

微笑《ほほえ》むと、咲恵は安心したように息を吐き、姿勢を正した。

「お風呂《ふろ》も沸いていますし、お夕飯の準備もできています。今日は道玄坂のスーパーで冷凍鮭《さけ》を見つけました。久々のお魚です。才様、衣緒様、たっぷりお召し上がり下さい」

魚――さすがに今日、生き物を口にするのは無理そうだ。というか、何も食べたくない。

「咲恵、ありがとう。おいしそうな匂《にお》いがするね。けど、今日はまだ仕事が残っていてね。冷蔵庫に入れておいてもらっていい？」

「そ、そうなのですか？　そういうことでしたら、おにぎりにしてお届けします。お疲れなら、たっぷり梅干しを散らしておきますね」台所にいそいそと戻っていく咲恵。「お母様、藍おば様！　才様と衣緒様におにぎりを！」

『妹』がいてくれるから、僕は人の心を保つことができている。あの子の前だけでは、僕は人殺しではなく『兄』のままでいられる。

僕と衣緒兄さんは、庭に面する縁側に座った。無言のまま時間が過ぎる。口を開く気力すらもない。衣緒兄さんもかなり憔悴《しょうすい》した様子だった。

見上げた空は味気ない。クロノス世界にも夜はあるが星はない。濁った紺色に、赤味を帯びた不吉な月が浮かんでいるだけだ。

「人を殺すのは苦しくて苦しくてたまらないことなのに、どうして……あのカラフルな処刑人たちは、あんなにも楽しそうに人の身体を切り刻むことができるのでしょう」

「おそらく、あの処刑人たちに個別の意志というものはない。処刑を執行するだけのシステムに過ぎないよ。それに、彼らがあんな色合いをしているのはきっと、神谷への皮肉……いや、暗喩《あんゆ》と言った方が正しいのかな。おそらく彼らのデザインは、ジェリービーンズをモチーフとした擬人化だ」

『ジェリービーンズ』――そのキーワードにある記憶が呼び覚まされる。

＊＊

「オ、この瓶《びん》の中に入っているジェリービーンズの数を当ててみろ」

幼い日のこと。父さんは書斎へと僕を呼びつけ、いきなり大きな瓶を手渡してきた。重い瓶に無数に詰まっているのは色とりどりのグミ、ジェリービーンズ――無茶だ。ヒントもなしに数を推量するなんて。

「千個、くらいでしょうか」僕は適当にそう答えた。

「六百だ。正解とは大きく乖離《かいり》している」父さんはためもなく正解を言ってしまう。「個人の直感などその程度のものだ。迅速な判断を求められる場面においては役にも立たん」

だが、と父さんは続ける。

「『大衆』の直感を重ね合わすことができれば、人は愚かさから抜け出すことができる」

父さんは集合知に関するある実験の概要を語った。道行く人に、瓶に詰まったジェリービーンズを見せつけ、数を予想させる。僕が今間違ってしまったように、一人一人の答えは正解とは大きくかけ離れている。だが、集まった全ての答えから平均値を割り出すと、正解にとても近い数が導き出せるらしい。

「大衆の声は正解を見抜いている。政治家は大衆の望みの平均値を見つけ出し、それを執行するだけでいい。自分の意見を持つ必要などはない」

父さんはきっぱりとそう言い切るが、僕は納得できなかった。

「でも父さん、大衆の意見が正しいのなら、多数決を根底とする民主主義は完全無欠な政治システムのはずではないですか。なのにどうして、民主主義は時々間違ってしまうのですか?」

「間違うのは、まだ母数が不足しているからだ」父さんは逡巡もなく答える。「民主主義の起点をフランス革命とするならば、始まってせいぜい二百年。これでは足りない。大衆の声は集まりきったとはいえん」

父さんの言う大衆の中には、過去の――そして未来の人までもが含まれるようだった。

瓶を掲げ、その表面を見つめる父さん。

「意見のサンプルが足りなければ、瓶の中のジェリービーンズの数は当てられない。だから、神谷は大衆の声を一族にためていく。我々が経験する事象は全て、いつか正解を導き出すための欠片《かけら》の一つ。いずれ不透明な瓶の向こうに、より正しい民主主義が見えてくるはずだ」

＊＊

「神谷は、常に多くの意見を集めようと動いてる。日本の中心の一つとも言える渋谷に網を張り、一塊の大多数、すなわち『多数派』の声を聞いている」

衣緒兄さんは語る。

「多数派の願望の平均値を割り出すと、出てくる声は『少数派を切り捨てろ』。だから神谷は切り捨てる。神谷にとって、あのカラフルな人影は、すごく趣味の悪い皮肉だよ。切り捨ててきた側が、身体を切り刻まれてしまうのだから」

「切り捨て……人を、切る」言葉のリアルな響きが僕の胃の腑をぎりぎりと締め上げる。

と、衣緒兄さんがそっと僕の手を握ってくれる。

「才、無理をしないで。今日はもう寝よう。眠れそうにないなら睡眠剤を用意してあげる。強めの抗ヒスタミンぐらいなら、小学生が飲んでも副作用はないだろう」

「いえ……まだ、寝たくありません。僕は、もう少し神谷について考えたいんです」

これまでの僕は、「神谷を変えるんだ」と勇むばかりで、『神谷』についてそこまで真剣に向き合っていなかったように思う。だから、この機会に疑問を吐き出してしまいたい。

「正しい答えを導き出すために、大衆の声を集めなければいけないという理屈はわかります。でも、なら……少数を切り捨てる神谷のやり方はおかしい。大衆というのは少数を含めての大衆のはずだ」

兄さんは僕の問いに深く頷いた。

「たしかにそうだ。母数に恣意《しい》的に手を加えては、正しい平均値は出てこない。少数を切り捨てるなんて論外だ。才が完全に正しい」

「なら！」

「――でも、政治家には選挙に勝つという至上命題がある」

兄さんの声音が固いものへと変わる。

「政治家は多数派と少数派のどちらかに媚びなければいけない。なら票田となる、多数派に媚びるのが合理的だ。多数派に媚びた上で少数派も取り込めれば理想的だけど……そうもいかないのが実情だ」

……もしも神谷が絶対王政の一族ならば、これほど躍起になって多数派を優遇する必要はなかっただろう。けれど民主主義における政治家は、一度選挙に負けたらただの人に成り下がる。

「それにね、住民を『多数派』と『少数派』に分けておくのは統治においても都合がいいんだ。ルワンダ、という国を知っている？　戦中、彼の国は大国によって分割統治されていたんだけど、大国はルワンダの住人を『ツチ』と『フツ』という二つの部族に分けて、片一方だけを優遇したんだ。すると、二つのグループは昨日までの隣人同士で争いだした。グループに分けて格差をつけると、憎しみが統治者ではなく隣人に向くんだよ」

「……このクロノス世界で起こっていること、そのものですね」

僕らは派閥に分かれ、まんまと殺し合いをやらされている。

得体の知れない悪意に転がされている自覚はあるが、だからといって殺し合いは止められない。僕は二度目の殺人に、本当に耐えられるのだろうか……？

いっそ、心を捨ててしまおうか。希薄になれば、後は苦しまなくて済む――。

「決して心を殺してはいけないよ」

「――!?」僕の心を見透かすように、衣緒兄さんはハープを爪弾《つまび》くような声でそう言った。僕の肩をそっと摑み、両目を合わせてくる。

「それこそ世界の思うつぼだよ、才。あらゆるシステムの最終目的はね、人をシステムの一部に取り込んでしまうことなんだ。システムの一部と化した人間は、本当になんでもできるようになる。パンチカードで人を管理し、ガス室に追い込んで、逡巡もなくレバーを下げて大量殺人を犯してしまう」

心を殺すその道は、真の悪へと続く道。衣緒兄さんの澄んだ瞳に、歪んだ僕の表情が映り込んでいた。こんな顔を、咲恵に見られるわけには――。

「一緒に苦しもう、才」衣緒兄さんは泣くような笑みを浮かべて言った。「開き直ってはいけない。自分の罪を忘れずに、何度でも苦しみ、そして泣こう。涙を忘れてしまった人間に、償いなんてできないよ」

償い――そうだ、生き残れば償いのチャンスは必ず生まれる。

何としてでもこの世界から脱出し、殺した人の分までやり直す。父さんの死によって崩壊しつつある神谷を立て直し、その過程で在り方を変貌させる。

「兄さん……僕らは必ず帰って償いを、そして神谷を変えましょう」

7

翌朝、僕は早くに目を覚ました。人目の少ない早朝のうちに、すませておく仕事があったからだ。

「それじゃあ才、これをお願い。ただ受け渡すだけじゃなく、これまでの練習の成果を思い出して、落ち着いて行動してね」

衣緒兄さんは言いながら、僕に保冷バッグを渡してくる。入っているのはインシュリンと尿酸の排泄促進薬。インシュリンは1型の糖尿病を患う神谷尼子さんへの、尿酸の排泄促進薬は腎臓を患っている神谷葉代さんへの届け物だ。無人の病院や薬局はいくらでもあるが、患者に合わせて適切に薬を処方できるのは兄さんだけだ。

この『賄賂《わいろ》』と引き替えに、僕はこれから尼子さんと葉代さんに派閥への加入を打診する。

……打診、とは言うが、二人は薬がなければ遠からず死にかねない。こんなの、ほとんど脅迫のようなものだ。でも、首尾良く二人が加入してくれれば僕らの派閥は十五分の七票となる。過半数に相当近い。

兄さんが医療と薬の処方に注力し、僕が勧誘を担当する。これが昨夜決めた僕と兄さんの役割分担だ。本当は、どちらも兄さんがやった方が効率はいいのだろうが、兄さん一人に罪を押しつけたくはない。

僕はそっと玄関の引き戸を開け、自転車を納屋から出して、目的地へと出発——。

「才様、おでかけなさるのですか?」

「……っ」声に振り向くと、玄関先には咲恵がいた。

パジャマにカーディガンを羽織った咲恵が、玄関から顔をのぞかせている。

「おはよう、咲恵。うん、ちょっとした届け物だよ」平静を装い、僕は言う。

「なにか、咲恵にお手伝いできることはありませんか？　お弁当は必要ではないですか？

おにぎりなら、咲恵にもすぐにつくれます」

「すぐに帰ってくるから大丈夫だよ。まだ早いから、咲恵はもう一度寝るといい。起きた頃には、僕も帰ってるから」

家に戻るよう促すが、咲恵は悄然《しょうぜん》と目を伏せ、そこに立ち尽くしていた。

「咲恵？」

「才様……」

咲恵はおずおずと言う。

「才様がずっと苦しそうなのは……咲恵がいるからですか？」

バレていた——僕の笑顔が虚勢でしかなかったことが。でも、それも当然かもしれない。この子は一歳の頃から僕と一緒にいるのだから。

「どうすれば、才様は苦しくなりますか……咲恵は、咲恵はどうすれば……」

自分を責める咲恵。ああ、そうか。この子はわかっていないんだ。

自分が、どれほど僕の——。

「違うよ、咲恵。苦しくていいんだ」

僕は咲恵の両肩に手を添え、目線を合わせる。

「咲恵がいなかったら僕は、今頃鬼のような顔をしていたと思う。自分が鬼になってしまったことに気付くことすらできずにね。哀れだよ、悲劇だよ。自分が人でなくなっていることに気付きもせずに、人のふりをしているなんて滑稽だ」

神谷の血は色濃く強い。気を抜くと、飲み込まれる。僕の中にも、神谷の因子は潜んでいるから。連綿と受け継がれてきた『割り切り』という行動原理に支配されそうになる。

けど、十歳になる今に至るまでそれを抑えつけていられるのは——。

「いいんだ、苦しくて。それは僕がまだ人間であることの証明なんだ。僕のために泣いてくれる君がいるから僕は苦しい。苦しみがあるから僕は間違いに気付くことができる。人間でいられるんだよ」

僕を導いてくれる眩い光に感謝を込めて、一番優しい笑みを咲恵に送る。

「僕に心をくれてありがとう、咲恵」

君がここにいてくれるから、僕の世界にはまだ星がある。

咲恵は、どこか不思議そうだった。当たり前のように善良な道を歩んできた子に、それがどれほど尊いことなのかを理解してもらうのは難しい。

でも、いつか僕の言葉の意味がわかる日が来ると思う。まあ、それはそれとして。

「そうだ、咲恵。この仕事が終わったら、午後に外で気晴らしをしたいと思っていたんだけど、付き合ってくれないかな?」

言うと、咲恵は顔を輝かせ、

「咲恵でよければ喜んでお伴《とも》いたします……! お弁当もご用意します」

目に見えて張り切りだした。その様子に、ほっと息を吐く。

ここに来てから、咲恵とほとんど話をしていなかった。時間はないが、これからは咲恵との触れ合いも大切にしていこう。

いくら大変でも、手放すわけにはいかないんだ。『兄』としての自分を。

咲恵と約束を交わした僕は、自転車を走らせて目的地へと向かった。ついでに、道中の町の様子をあらためて観察してみる。

車が走っていないので車道の真ん中を進んでいく。ビルが多いが、どの建物のどの階も、シンッと廃墟《はいきょ》のように沈黙している。人がいない、風も吹かない――と。

「――あれ」

一点、おかしなことに気がついた。道玄坂の端あたりにあるはずのタワーホテルが見当たらなかった。

父さんが経団連からの働きかけで建設を急がせたあのビルは、この世界では見当たらず、取り壊された老舗《しにせ》のビルがそのままそこに建っている。

取りつぶしにしたはずの公園が残っていたり、建ってたはずのビルが消えていたり、この渋谷は本来の渋谷を忠実に模したわけではないらしい。

「わぁ！　とても気持ちのいい場所ですね！　渋谷の全てが見えてしまいそうです！　あれが鏡の壁ですね！」

午後——渋谷東急ビルの屋上遊園地についた途端に、咲恵は目を輝かせ、はしゃぎ出した。遊具は沈黙しているが、ここにはアスレチックもある。

「才様も、才様も早くいらして下さい！　今度はあちらで遊びましょう！」

「はいはい。転ばないようにね」

咲恵は淑やかに振る舞うことを忘れ、すっかり無邪気な子供に戻っていた。無理もない。せっかく渋谷に住んでいるのに、咲恵はこれまで外で思い切り遊ぶことはできなかったのだから。

お手伝いさんの子供とはいえ神谷家の一員ということで、咲恵も学校では肩身の狭い思いをしている。

神谷家は地域の長として尊敬されているが、それと同じくらいに軽蔑《けいべつ》もされている。道路を通すために立ち退《たの》かせた家の子供が、同じクラスにいたこともある。神谷が障害者への支援を減らしたことで、弟を失った子が隣のクラスにいたこともある。

僕と咲恵は時間を忘れて遊んだ。ラジコンを飛ばして競争してみたり、巨大なシャボン玉を街に向かって放ってみたり、バドミントンをしてみたり。僕も、心からこの時間を楽しんでいた。だから咲恵もこんなに楽しそうなのだろう。

僕が泣けば咲恵も泣く。僕が笑えば咲恵も笑う。僕にとって、咲恵は鏡だ。優しくて、共感能力の高いこの子は僕の『本当』をたやすく見つけ出してしまうのだから。

咲恵のお母さんである雪さんが、神谷本邸のお手伝い募集に応募してきたのは、咲恵が一歳の頃だという。雪さんにとっては何気ない選択だったのかもしれないが、そのおかげで僕には咲恵というかけがえのない『妹』ができた。

咲恵と一緒にいる時、僕は優しい『兄』であろうと心がけている。

咲恵と一緒にいる時にだけ僕は、人殺しから――人間に戻ることができるんだ。

「つ、ついついはしゃいでしまいました……。才様、はしたない咲恵の姿を、どうかお忘れ下さい……」

「いやだよ、忘れない。絶対に、忘れたりなんてしないから」

「うう……才様、意地悪です」

遊び疲れた僕らは並んでベンチに座り、空を見上げた。邪悪なこの世界には似つかわしくないほどに美しい青空が、頭上に広がっている。

昨晩はあれほど味気なく思えた空が、今日はとても素敵に映る。

「いつか……」もっと、咲恵の周りに人が増えればいいな。ふと、そう思った。友達が増えればきっと、世界は虹《にじ》のように色とりどりの表情を見せてくれるはず。神谷とか、立場とか、そういうのを気にもせず、この子を受け入れてくれる友達がいてくれたなら――。

本当の友達と見る世界というのは、いったいどんな色をしているんだろう。

「僕も、見てみたいな……」

8

その後、僕と咲恵は連れだって屋上を後にした。咲恵は神谷本邸へと戻ったが、僕はそのまま自転車で変わり者の芸術家、神谷雹夏さんの拠点へと向かう。昨日、向こうから接触があったからだ。

昨晩遅くに突然神谷本邸を訪れた雹夏さんは、縁側に座っていた僕を見つけると、『オ、明日ここに一人で来なさい。必ず一人でだ』そう言って地図を渡して帰っていった。あやしかったが、ルール上候補者に危害を加えることはできない。それに、これは勧誘のまたとないチャンスだ。

雹夏さんが住み着いているマンションの最上階のドアを大きくノックすると、「入りなさい」と声が聞こえた。ドアを開けた瞬間に、絵の具の匂いが室内に充満しているのがわかる。雹夏さんは六号くらいのキャンバスに立ったまま向き合っていた。ここは雹夏さんの自宅ではないはずだが、勝手に自分のアトリエにしてしまったようだ。

雹夏さんは相変わらずのくわえ煙草で、ハーフパンツにタンクトップを身につけている。僕を目にすると「やあ、才」と絵筆を置いた。

「よく来たね。さあ、では早速服を脱いでそこに立て。全裸とは言わないよ。ほら、布を用意してあげた。これで好きなところを隠しなさい」

くわえ煙草の雹夏さんはそう言いながら、部屋の奥に置かれた立ち台を指さした。最初の言葉がそれだった。

「脱ぐ……？　どうして僕が脱ぐんですか？」

「？　芸術家のアトリエにのこのことやってきておきながら、どうして衣服を着ていられると思ったんだ？」

君はバカなのか？　とでも言いたげに首を傾《かし》げる雹夏さん。……あれ、僕がおかしいのか。

「わたしは特殊な体質を抱《かか》えていてね。年端《としは》もいかない男児のクロッキーができないと、落ちつかなくなるんだよ。普段は偽物で我慢しているんだが、残念ながらこの世界には原寸大の男児の彫刻が見当たらなかった。だからしょうがなく実物を使うことにした。これはしょうがないな」

「しょうがなくありません。それは病気です」

「いいじゃないか病気でも。普段は我慢しているんだから。最近はうるさいご時世なんだよ。創作分野では日本はまだ寛容だがね、モデルを使うのはアウトだアウト。男の子に乳首を見せろと迫っただけで、法律に引っかかる。このクロノス世界にいる今は、才を引き留めておける数少ないチャンスなんだよ」

創作——雹夏さんが発表している作品のモチーフは、思春期に入りたての男の子が大半だ。それで独自性を確立していると言ってもいいくらいに、この人は僕の年頃くらいの男の子を描いている。

「どうして、男の子がそんなに好きなんですか」

「今そこにしかない、儚いものが好きなんだ。声変わり間際のボーイソプラノとかね。

——というのは建て前で、ただ好きなだけかもしれない」

「多分、そっちだと思います」

「まあ、いいから早く脱ぎなさい。時間をなんだと思っているんだ君は。もっと大切にしなさい」

「……雹夏さんこそ、遵法意識を大切にして下さい」

「本来はわたし自らの手で衣服をはぎ取ってやりたいところだが……候補者に危害を加え

るとルール違反になるだろう？　くそっ！　最低なルールだな！」

最低な人だった。近づきたくもなかったが……勧誘のためにも我慢だ、ここは。洗面所で衣服を脱ぎ、布を腰に巻いて台に立つ。

雹夏さんは僕に時々ポーズを変えるように要求しながら、真剣にクロッキーにいそしんでいた。ふざけた人だが、創作には真摯《しんし》なようで安心した。

「雹夏さん、ただポーズをとっているのも暇なので、話しかけてもいいですか？」

「許可しよう」

「……なんで上から目線なんですか」

いまいち掴み所のない雹夏さん。神谷雹夏——美大出身の芸術家だ。いつも絵ばかりを描いてる、専業のアーティスト。売れっ子、と言って差し支えのないレベルには、この人の絵は世間一般に行き届いている。銀座《ぎんざ》のほとんどの画廊には雹夏さんの絵が飾られているし、都内の百貨店からも発注が相次いでいるらしい。こんな人の絵が……。

神谷家においては異端も異端な人だが、孤高というわけじゃない。彼女はこれで、人との関わりを案外大事にしているところがある。

「雹夏さんは独自の道をいかれる方ですが、親戚付き合いをけっこう大事にされますよね。お盆もお正月も、それに選挙の時もうちにちゃんと来てくれます。芸術家って、もっとしがらみから離れているものだと思っていました」

「芸術家が風来坊？　それはテンプレートな思い込みだね。喀血《かっけつ》の文豪、と同レベルの貧困なイメージだ。歴史に名だたる芸術家は、皆優秀な人たらしとしての一面を持つものだ。人と離れて飢えてしまうようでは芸術家としては三流だよ、三流。特に親類との縁は大切にしなくてはならない。生まれながらに距離の近い奴らはパトロンとして最高だぞ。君も愛想《あいそう》を振りまいておくといい」

「……親戚は、利用対象でしかないのですか」

「いやいや、これでも尊敬はしているんだよ。特に親って奴はすごいな。無償で小猿を育て上げるあの献身には頭が下がる。はっはっは」

高らかに笑う雹夏さん……なるほど、『神谷』の芸術家バージョンはこうなるのか。選挙のために人を利用するか、芸術のために人を利用するか、という違いでしかない。

「それに親戚の集まりに顔を出せば、君と一緒に合法的に風呂に入れるからね。どうだ、思い出して照れてきただろう？　全裸のわたしの艶姿《あですがた》」

「……そういう話はいいです」

……ダメだ、どう話を向けても最低なセクハラでペースを持っていかれる。

「雹夏さん、随分と暢気ですね。殺されるかもしれないこの状況が怖くないのですか。自分が選挙で一位になるかもしれないと考えたことはありませんか？」

恐怖を煽《あお》ってみる。しかし雹夏さんの飄々《ひょうひょう》とした態度は切り崩せない。

「ああ、それなら大丈夫。わたしはしばらくは死なないよ。ジュリに頼んでいるからね。わたしを殺さないように衣緒にお願いしてくれ、と」

たしかに、ジュリさんから雹夏さんを殺さないようにと頼まれてはいるが――。

「ジュリさんを、どうやって味方につけたのですか。衣緒兄さんにしかなびかない人だったのに」

「簡単なことだ。ジュリが欲しがるものをあげたのさ。ふふ、小さな絵をね、プレゼントしてやったんだ。小躍りして喜んでいたよ」

嘘だ。ジュリさんがその程度で衣緒兄さん以外に心を許すはずがない。

「それにしても」雹夏さんはにぃ、と口角を上げる。「君らのグループはなかなかだ。さすがは衣緒といったところだね。あのガキはそつがなさすぎて好かないが、評価はしているんだよ」

「……!」派閥にまで勘づかれているのか。ダメだ、完全に上をいかれている。

下手な策略は逆効果になる――僕は単刀直入にお願いをしてみることにした。

「……たしかに僕らの派閥が覇権を握っている間は、雹夏さんが殺されることはありません。プロテクトリストに掲載されていますから。ですが、それは僕らの派閥がある限りのことです。衣緒兄さんは、無斗さんたちに命を狙われています。もし、兄さんが殺されたら、僕らの派閥は崩壊です」

僕はポーズをとるのを止め、強く訴える。

「僕らはそうなる前に、なんとしても無斗さんを殺さなくてはいけないんです。できれば、零斗も。お願いです、雹夏さんの命は僕らが保証します。だからどうか、票を預けてはくれませんか」

熱が通じたのか、雹夏さんはやっとクロッキーの手を止め、顎《あご》に手をあてた。

「そうか、君らの敵は無斗か。まあ、無斗はそうだろうな。あのヤクザは本家のことを恨んでる。だがな、零斗の方はどうにかすれば籠絡《ろうらく》できるんじゃないか？　あのガキはだいぶ薄っぺらいぞ」

「零斗は無斗さんの実の息子です。それに、零斗も本家のことを恨んでます」

「いやいや、零斗は『分家に生まれちまった悲劇の俺』というストーリーに酔っているだけだ。実のところ本家も恨んでない。切り崩すならわたしより零斗にしておきなさい」

雹夏さんは何かを思い出したのか「くっくっくっ」と笑い出す。

「零斗はいいぞ。昔、何度かモデルに呼びつけていたんだが、どうやらわたしに惚《ほ》れてしまったみたいでね。『俺、雹夏のことマジだから。一生守るから』と熱い告白を受けてしまったよ。ありゃあ純粋培養の道化だな。希少種だ。今のうちに樹液に浸して保存しておこう。いずれ琥珀《こはく》となって未来の人々の目を楽しませてくれるだろうさ」

「いえ、あれはいりません。僕らは雹夏さんを派閥に、というか、雹夏さんがうちの派閥に入れば、零斗もうちに入るのでは？」

「だからやめておけ、わたしなんかに声をかけるのは。わたしなど引き入れたところで君らの派閥にメリットはゼロだ、ゼロ。零斗に至ってはマイナスだぞ。うん、やはり零斗もやめておけ。内憂は集団を殺す癌となる」

……にべもなかった。雹夏さんを派閥に引き入れるのは諦めざるをえない。

雹夏さんは帰り際、「付き合わせて悪かった。票はあげられないが、代わりにいいものをあげよう」と僕ににやりと笑いかけた。

「いいもの？」

「ああ、いつでもうちに来ていい権利だ。君はこれからいかなる局面においても、我が家の敷居をまたぐことを許される。いいか、いつでもだ。覚えておきなさい」

9

帰宅後、自室に向かい外廊下を歩いていると、仏間から、すすり泣くような声が届いた。そっと襖を開けて中に入ると、そこにいたのは咲恵のお母さんである雪さんだった。

作務衣の袖《そで》を濡《ぬ》らして、目を腫《は》らしている。雪のような肌との対比で、赤く染まった瞳が余計に目立つ。雪兎《ゆきうさぎ》のようだ。

「才様……勝手に仏間に入り込んでしまい、申し訳ございません。処罰はいかようにも」

「いえ、罰なんてとんでもありません。むしろ、ありがとうございます。父さんを悼んでくださっていたんですね」

仏壇には遺影が飾られ、線香がたかれていた。ご飯と水もあがっている。

「あれほど身を粉にして働かれていたご当主様……私や咲恵のことも長年ここに置いてくださって……そのご恩にとうとう報《むく》いることができませんでした」

雪さんは一筋の涙を流す。その雫《しずく》は、よく磨《みが》かれた水晶みたいに美しかった。

「そんなこと、雪さんが気に病む必要はありません。そもそも恩を感じる必要もありませんよ。あの人、僕らに興味なんてありませんでしたから」

「才様……そんな悲しいことをおっしゃるものではございません。宇斗様は決して冷酷なお方では……情の深いところがおありでしたよ」

「父さんが？」

「ええ。政治家として冷淡に振る舞っていらっしゃいましたが、本当は人好きで、さみしがり屋で……才様のお母様が亡くなられた直後などは、人を側に置きたがっていらっしゃいました」

お母様の写真を全て焼いた父さんが、悲しみにくれていた……？　ありえない、絶対に。

雪さんは情の深い人だから、父さんを見る目にもバイアスがかかっていたのだろう。

そうだ。僕は大事なことを思い出す。雪さんに、まだお礼を言っていなかった。

「雪さん……父さんの死体が見つかった時なのですが、その、ありがとうございました」

目を伏せる。「僕のことを抱きしめてくれましたよね」

父さんの死を伝えに座敷に駆け込んできた雪さんは、僕の姿を見るなりきつく抱きしめてくれた。

「自分を心配してくれる人のぬくもりを、最初に感じることができたから、こんなひどい世界でも、僕は自分を保てているような気がするんです。世界は、本当は美しいものなんだって」

「ですぎた真似をどうかお許し下さい……。実のところ私はあの時、才様が自分の子供ではないことを忘れていました」

「え……」

「おこがましいことではございますが……私は昔から、才様のことが我が子のように思えて仕方がないのです。お庭で咲恵と才様が一緒に遊んでいる姿を見ている時、私は二児の母のような気持ちで胸が満たされます」

雪さんは少し照れたように口元を綻ばせる。

「いつか、咲恵と才様と私と、三人でピクニックに行けたらどれほど楽しいだろう、とそんなことばかりを考えてしまうのです。才様はお忙しいので、遠出は無理かもしれませんが、近所に公園がありましたでしょう？　あの公園で、三人でお弁当を食べるのです。慌てて玉子焼を食べて口元を汚す咲恵、咲恵の口を仕方なさそうに拭いて下さる才様……叶わない夢だとはわかってはいるのですが」

小さな夢を語る雪さんは、遠い夢を見るような眼差《まなざ》しだった。けど――。

「行きましょう、ピクニック！」

「⁉」僕の大声に雪さんがびくっと顔を上げる。

「元の世界に戻ったら、絶対にピクニックに行きましょう。あの公園は元の世界ではなくなってしまいましたが、少し足を伸ばせば代々木《よよぎ》にも行けます。そんな素敵な夢は叶えなくてはいけません」

そう言うと、雪さんは「い、いえ、そのような……」と最初のうちは遠慮していたが、強く促すと最後には観念したのか、僕と指切りをしてくれた。

雪さんと結んだ心の糸をたぐっていけば、僕らは迷宮を抜け出して、現実世界へと帰ることができるはず。三人で、ピクニックに――。

僕は仏間からの去り際に、雪さんに言った。

「雪さん。僕も、雪さんのことを本当のお母さんのように思っていますよ。ずっと……小さい頃から。一人で泣いている夜に、雪さんが側にいてくれたことで、僕がどれだけ救われてきたか」

僕はそこで一度言葉を切り、深く息を吸い込んだ。意を決して、言う。

「あの、お母、さん……」

照れくさくて、顔が真っ赤になってしまったが、ちゃんと言えた。

すると雪さんは、花の咲くような笑みを浮かべ、目尻《めじり》に涙を光らせた。

「本当に、本当にお優しい才様……。才様と咲恵のご縁を結んで下さった神様に、いつだって深く感謝しております。これからもどうか、才様と咲恵に強いご縁がありますように。いつも、そう願っています」

四話　拉致監禁

1

「次回で、剪定選挙は終わりとなります」

兄さんのその一言に、衣緒派のメンバー一同は声を失った。

第三回剪定選挙を翌日に控え、僕らはまた昭吾さん宅で集会を開いていた。会話の端緒を切った兄さんは開口一番、選挙の終わりを堂々と宣言した。

「神谷はあまりにも我が強い。一人一人が一国一城の主《あるじ》です。民衆を騙す術には長《た》けていても政治家同士ではそう簡単に組もうとしない。まともな派閥は僕らぐらいです。これは、あまりに嬉しい誤算でした。僕らの敵は唯一、神谷無斗の派閥だけだ」

ようやく話が見えてきた。衣緒兄さんに四票が入れられていた前回の選挙の結果を見るに、無斗叔父さんが派閥を形成しているのはまず間違いない。けれど、その派閥は――。

兄さんは指を一本立てた。

「倒すべき相手は残り一人。唯一の敵たる無斗派にしても、結局は無斗さんが力任せにまとめた無頼の寄せ集めに過ぎません。リーダーが消えればおしまいだ」

ワンマンチームの泣きどころ。リーダーが強烈であればあるほどに、その人を失った際のリスクも大きくなる。

「残りの人らが慌てて組んだところですでに僕らはほとんど過半数。最大にして唯一の派閥である僕らには選挙をコントロールできる立場が手に入るんです。勝ちの確定した選挙など、もはや選挙とは呼べません」

大胆に声量を絞り緊張感を増していく演出。さりげなく披露されていく高等テクを見逃さないよう、僕は我が兄の一挙手一投足を目に焼き付ける。

皆の緊張を解くように、一転晴れやかな笑みを浮かべる兄さん。声量も上げていく。

「命の危機がなくなれば、そこからが本当のスタートです。この世界の謎《なぞ》を解き明かし、みんなで元の世界に帰りましょう。実のところ、すでにめどは立ちつつあるんです。後は多少の時間と人手さえあれば事は足ります」

少し目線を上げて虚空を見る衣緒兄さん。つられて目線を上げてしまう。兄さんの見ている明るい未来の風景が、目に見えてくるようだった。

兄さんの瞳のハイライトは、常時より不自然に大きい。無色のカラーコンタクトかなにかだろうか。相変わらず、演出へのこだわりが徹底している。

インシュリンの供給と引き換えに衣緒派に加入した、新メンバーの神谷尼子さんも、この短時間の内に兄さんを信頼した様子だ。

次回で選挙は終わりとなる。理屈の上では間違いはない。でもなにか、言いようのない胸騒ぎがした。

兄さんは天才だが、廃嫡以来神谷からはもう十年も離れてる。神谷の業やしぶとさを、低く見積もりすぎではないだろうか。それともこれは、実の叔父を殺すという禁忌を恐れる僕の心が生み出した錯覚、だろうか。

第三回剪定選挙での投票先は神谷無斗。それが確定したところで迅速に集会は解散となった。僕も衣緒兄さんと一緒に、昭吾さん宅を後にする——と。

靴紐を結んでいた僕の頭に、誰かの手が回された。振り向くまでもなく、累さんだとわかる。僕にこんなに気安く接してくれるのは、咲恵の他は彼女ぐらいだ。

「あのさ、才くん。今日だけうちに泊まってくれないかな？　夜、寂しくてさ。パパも具合悪くてあんまり話に付き合ってくれないし、不安で……ねえ衣緒くん、才くん借りてもいいでしょう？」

累さんの懇願《こんがん》に、衣緒兄さんは柔らかく頷いた。

「もちろん、才でよければ喜んで。才、累ちゃんが寂しくならないように、今夜はつきっきりで守ってあげて」

「は、はい」

戸惑う気持ちはもちろんあったが、正直、この状況を喜んでいる自分もいた。距離が近くて明るい累さんとの会話は、この凄惨な世界における数少ない楽しみの一つだ。

「累ちゃんは危ういところがある。助けてあげてくれ。才にしかできないことだ」

危ういところ？　累さんが一番フラットで安定していると思うが。兄さんはそれだけ言うとさっさと帰ってしまった。

昭吾さんは病気で具合が悪いのか早くに寝てしまったので、僕は累さんと一緒に部屋に引っ込んだ。

型落ちのゲーム機を起動させ、一緒に格闘ゲームをする。コンセントに差し込めば、ライフライン以外もちゃんと起動はするようだ。

累さんは心ここにあらずといった様子で、ゲームにも集中できていない様子だった。自キャラがステージから落ちて死ぬと同時に、コントローラーを置く。

「ごめんね、才くんたちばっかし怖い目にあわせてさ。累も外に出て力になりたいんだけど、どうしても足がすくんじゃって……。一人だけ家にいるとか卑怯《ひきょう》だよね、累」

「いや、累さんはあんなのに付き合う必要はないよ。無理せず、家で待ってて」

「ありがと……でも、そういう才くんはちゃんと選挙に出てるんだよね。十歳の子が頑張ってるのに、累は引きこもっちゃってるんだよ。ほんと恥ずかしいよね。累も一応は神谷家なのにさ」

累さんはくしゃっと表情を歪める。僕の方を向き、頭を下げる。

「ていうかさ、本当にごめん……累の投票用紙、代わりに投票してくれてるの才くんなんでしょ？　十歳なのに、累の代わりに、人を殺っ……ごめんね才くん、ごめん……！　お父さん亡くしたばっかりの才くんにこんなこと……！」

累さんは絨毯《じゅうたん》を強く握りしめ、ぽたぽたと涙を流す。二人きりになった途端に、ものすごいスピードで心の安定感を失ってしまった累さんに、僕は瞠目した。

……ああ、そうか。無理をして神谷として振る舞うことに、心が軋《きし》みをあげていたのは僕だけじゃなかったのか。

「明日も、累の代わりに投票するんでしょう……？　無斗さん、才くんにとってはおじさんなのに、ごめん、ごめんなさい……累のせいで、ごめんなさい。ほんと卑怯だよね、パパの病気に怯えてる累が、子供に人殺しさせるなんてさぁ……！」

ただでさえお父さんの癌で不安定になっている時期にこんなことが起こったんだ、心がひび割れてもおかしくはない。罪の茨《いばら》に囚《とら》われている累さんを解き放てるのは僕だけだ。励《はげ》ます？　いや違う。そんなことで人の心は動かない。ここまで衣緒兄さんに習ったことを思い出せ。

僕は意識して衣緒兄さんの顔つきを真似る。

「――僕は、自分の意志で累さんを守ってるんだよ」

声量は多く、声質は固めに。累さんも雰囲気の変化を感じ取ってくれたようで、不思議そうに顔を上げる。

「普通の感覚を忘れないで累さん。こんな選挙に付き合う方がおかしいんだ。僕は本家の人間として、こんなバカなお遊びに累さんを付き合わせるわけにいかないと思ったから、投票用紙を回収したんだ。――守らせて欲しいんだ」

少し間をとり、表情を変える。笑みを浮かべ、つとめて明るい声を出す。

「明日の選挙が終わればもう殺される危険はなくなる。外にだって出られるようになる。一緒に無人の渋谷を歩こうよ」

少し言葉を止めて累さんと空想を共有する。

「累さん、親戚って本来は助け合っていくものだと思う。この世界を出てからも、僕らのことを頼って欲しい。病気のことも他のことも、これからは僕と衣緒兄さんに全部相談して欲しい。絶対に一人になんてしないから。本家の後継者である僕が、累さんと昭吾さんへの全力のサポートを約束する」

僕はそっと累さんの手に手をおいた。

「政治家だから仕方ないとはいえ、お父さんの癌を誰にも相談できなかったのって、すごく苦しかったよね。不安で眠れなかったよね。たった一人でずっと怖さと戦ってきた累さんが卑怯だなんて、僕は絶対に思わない」

「…………っ」累さんは口元を引き結ぶ。そして嗚咽をもらしはじめるのと同時、

「辛かったね、累さん」


僕は言葉と同時に涙を一筋流し、累さんと一緒に泣いた。

それ以上は決して言葉を継がず、涙目のまま累さんを見つめ続ける。

「ありがと、才くん……逃げてばっかの累に、そんなに優しいこと言ってくれると思わなかった……優しいね、どうしてこんなに優しいんだろ、才くんは……ありがと、パパの病気でね、本当に、本当に怖かっ……」

強く抱きしめられる。累さんの涙を頬に感じながら、僕は天井の蛍光灯を見つめた。

——累さんに今、抱きしめてもらっているのは神谷才という人間だろうか。それとも、僕に眠る『神谷』だろうか。

どちらでもかまわない。この子を助けられるなら。この子に求めてもらえるのなら。

「大丈夫、大丈夫だよね……明日で選挙なんて終わりだもんね、パパだって治るもんね、

もう誰も死なないもんね……」

累さんは自分に暗示をかけるように言う。

「累たちはずーっと一緒で一人になんてならないもんね。ずっと一緒だもんね、一人になんてしないでね、絶対、絶対、絶対――」

あまりにきつく抱きしめられて、苦しいくらいだ。虚ろな声が耳元で鳴り続ける。

でも、逃げようとは少しも思わなかった。累さんがこれほど壊れていたことに今まで気づけなかった自分を、殴ってやりたいくらいだ。

――いつまでも一緒にいるよ。

僕の方からも抱きしめる。他の誰かにこの子を決して渡したくない。片時も離れたくない。独占したい。これがエゴという感情だろうか。なんだっていい。

咲恵や雪さんといる時とも違う、この感情は、間違いなく恋だった。

2

選挙当日。投票開始時刻を間近に控え、僕と兄さんは二人で投票所へと向かう。自分の一票と、今朝受け取った累さんの一票が僕の懐《ふところ》に入っていた。

二枚の投票用紙。累さんの分のそれに触れると、昨日のことを思い出してしまう。朝まで僕を抱きしめて眠っていた累さんの吐息、感触。実の叔父を殺そうという時に不謹慎ではあるが、現実感がふわふわと希薄なおかげで、一回目の殺人の時のような吐き気を催すような嫌悪感を感じずにすんでいた。

「なんだ……？」兄さんが怪訝そうに眉をひそめた。投票所周辺の様子がおかしい。もめている。言い争っているのは――無斗叔父さんと昭吾さんだ。

「だーから、早く認めちまえよ昭吾。お前は癌なんだろ？　こっちには証拠があるんだからよぉ。ほれ、これカルテ。コピーもある。いるならやるぞ？」

無斗叔父さんはバインダーに挟んだカルテを挑発するように振る。どうして、叔父さんが昭吾さんの癌を知っているわけがある……⁉

思わず衣緒兄さんの方を向く。兄さんも呆然としていた。

「偽物だ……！　偽物に決まってるだろ、そんなもの！　俺は健康だ。無斗……お前、自分が死にたくないからってデタラメ言うな‼」

「カルテが偽物だってんなら昭吾、お前上半身脱いでみろや。下っ腹に人工膀胱、ついてんだろがよ」

「そ、そんなもの……！」

「あぁ⁉　ついてねえってんなら見せられるよなぁ⁉」叔父さんはドスをきかせて詰め寄っていく。「なあ昭吾、こうなったらもう中身の足りねえ腹ぁくくって認めろや。公開ストリップやらされたくはねえだろ？」

色眼鏡越しの凶悪な眼《め》——蛇に睨まれた蛙《かえる》のように昭吾さんは黙り込む。

「たしかに俺は癌だ……だけどな、治る癌だ。治療はこの世界でも進めてる……」

「そうかねぇ！　手術しても治らなかった癌が治るのかねぇ！」

叔父さんは周囲に向かって呼びかける。

「神谷のお歴々の皆様方はどう思われますでしょうか。昭吾さんの癌はだいぶ進行しているようなのですが、失われる命ならばいっそ——昭吾さんには我々の命を救った英霊となっていただくというのは」

「…………！」衣緒兄さんは二人の間に割って入り、昭吾さんに助け船を出す。「……癌が死ぬ病気だったのは昔の話ですよ、叔父さん。昭吾さんの場合は十年生存率だって低くはありません」

「十年生存率ねぇ」無斗叔父さんは耳をかく。「衣緒、俺が言ってんのは未来の話じゃねえんだよ。大事なのは今、この瞬間の選択だ。健康な政治家と癌の政治家、死ぬべきはどっちだって話をしてんだよ」

「ですから、昭吾さんの癌は治る可能性が高——」

「癌抱えてる奴の代わりに死ねってのかよ!!」

叔父さんの一喝を聞いて、取り囲んで二人を見ていた候補者たちは一斉に投票所へと歩き出す。ここにいるのは全員『神谷』だ。切り捨てやすい部位を見つけた時に、ためらいというものはない。

3

「嘘、だよね……?」

昭吾さんの死を報告すると、累さんは悄然と立ち尽くした。

「嘘だよ、だって衣緒くん、パパ助けてくれるって言ったもん……みんなで累のこと騙そうとしてるんでしょ……パパ、今朝言ったもん、ちゃんと帰ってくるって……だから累、家で待ってたのに、ねえ、嘘でしょ……パパどこ、ねえ、パパどこ」

ねえ、ねえ、と累さんは報告に来た僕と衣緒兄さんの顔を見る。でも、僕らは他に告げるべき言葉を持たない……。

「ねえ、どうして、どうして累にばっかりこんなことが起こるの、おかしいよ、ママも死んでパパも癌になって、こんな選挙で殺されて、おかっ、おかしい……どうして、ひどいよ、ひどい、なんで、なんで、ねえなんで……なんでぇ!!」

累さんは青ざめてしゃがみ込む。両手で耳をふさぎ、床に向かってぶつぶつと言う。

「ああ、違うそうか累が悪いことしたのがいけないもんね、ちゃんと選挙に出なかったし才くんに投票用紙押しつけて最低だよねだからバチが当たったんだ、累が悪いことしたから、パパごめん、パパごめん、ごめんねぇ……!!」

「………っ」あまりに悲痛だ。累さんは長年続いたストレスと父親の死で、心が完全に壊れてしまっていた。

でも、どうすれば……助けを求め兄さんの方を向く。瞬間、ぞっとした。

累さんを見る兄さんの目は、静かにすわっていた。哀《かな》しそうに細めた目から、白い炎の幻影が見えるほどに。

「才」兄さんの声からは感情が消えていた。「先に帰っていてくれる?」

僕は頷き、昭吾さんの――累さんの家を出る。

けれど、僕はすぐにはその場を立ち去ることができずにいた。累さんを見捨てたようで後ろめたい。それに兄さんの様子もおかしい。逡巡した末、僕は室内に戻ることにした。

「兄さん……?」リビングに二人の姿はない。部屋に引っ込んだのだろうか――その時。

『――――っ!』

奥の部屋から、声にならないような叫び声が響いてきた。驚きに、身体と心臓が跳ね上がる。

何だろうあの声は、あんな声は聞いたことも……。

――蜘蛛のような脚、波打つ背、よじれた胴、声にならない声。

記憶の奥底から思い出してはいけないものが湧き出してくる。半ば無意識のうちに、僕の足はそちらへと向かってしまう。嘘だ、だって衣緒兄さんはジュリさんとすでに――そっとドアを開く。

「ぁあああぁああ……！」「あぐっ……ふぁああぁ――！」「衣緒くっ……！　衣緒くん！」

昨日僕を包んでくれた累さんの身体が、今日は衣緒兄さんに包まれている。重なる二つの身体が同時にうねり、跳ねる。白くて大きな胸が動きに合わせて揺れていた。脚がいっそう大きく開かれて、また閉じられる。累さんはスカートだけを身につけていた。脱ぎ散らかされた衣服がベッドサイドに落ちている。上下の下着も――。

僕は咄嗟《とっさ》に両手で口をふさぎ、膝をついた。

これがなにかくらい知っている。十歳にだってそれくらいはわかる。政治に色はつきものだ。

「……ぅっ……」初恋は終わりを告げた。僕が不甲斐ないばっかりに。

僕に衣緒兄さんを責める資格はない。全ては、僕に力が足りなかったから――。

後の調査で、衣緒兄さんの部屋に隠しておいたはずの昭吾さんのカルテが何者かに持ち出されていたことが発覚した。無斗叔父さんの陣営の誰かに忍び込まれた、あるいは――

『僕らの中に裏切り者がいるかもね……』それが兄さんの見解だった。

4

「な、なんだかここ、お洋服がたくさんですね……あちらにも、こちらにも」

咲恵はきょろきょろと店内を見回しながら、感嘆したように息を吐いた。

「才様、どういたしましょう……ここはあまりに華やかで……咲恵はとても怖いです」

無人の渋谷109に気圧されてしまった様子の咲恵。入り口に立ち尽くし、不安そうに僕の腕を掴んでいる。

「そうだね、ここはとても華やかだ。なら、咲恵もおしゃれになるといい」

咲恵の背中をそっと押し、歩き出すよう促す。

「好きな服を選ぶといいよ。値段なんて気にすることはないからね。元の世界に戻った時に、僕がちゃんと払うから」

さあ、と僕は咲恵の手を引き歩き出す。幾多と連なるテナントの店先には華やかな衣服が飾られている。純粋な子供服の専門店はないが、探せば咲恵にちょうどのサイズの服も見つかりそうだ。

気晴らしと必需品の確保を兼ね、僕は咲恵を109に連れてきていた。

咲恵も衣服に興味はあるようで、時折マネキンを見上げ目を輝かせている。

けれど、咲恵は頻繁に立ち止まり、なかなか商品に手を伸ばそうとはしない。

「どうしたの？　せっかくなんだ、色々と試してみよう」

そう促すが、咲恵はどこか自信なげな様子で目を伏せる。

「ですが……咲恵が綺麗なお洋服を身につけるのは……咲恵は、お手伝いの身ですから。政治の家に住む子は地味にしていなくてはなりません……無用な注目を集めてはいけないと、藍おば様からきつく……」

これが、僕が今日、咲恵を109に連れてきた理由の一つだ。

お手伝いという立場を気にして咲恵は、遠慮する癖がある。

このクロノス世界にいる今は咲恵を変えるチャンスでもあると思っていた。咲恵を、『普通』の子に戻したい。

僕はこの世界で政治の本質を目の当たりにし、自分自身もどす黒く変わっていった。人を殺した……自分が変わっていくことを実感するたび、僕はある思いを強めていった。

――政治なんてものから、できる限り咲恵を遠ざけたい。

普通のことに興味を抱いて欲しい。服とか音楽、物語。同年代の子が好きなものを好きになって欲しかった。これもエゴなのはわかっているが、それでも、咲恵にだけはひどい目にあって欲しくない。

僕は咲恵の目を見て言う。

「咲恵は自由だ。何を着ても許される。自分のなりたい姿は自分で決めていいんだよ。何も気にせず、好きな服を選んでみない？」

「ですが……咲恵はどうしていいかわかりません」

「うーん、たしかにいきなり自由にしろって言われても難しいよね。そうだ。じゃあ今日は、僕が咲恵に服を選んでもいいかな？」

言うと、咲恵は勢いよく顔を上げた。

「ほ、本当ですか!?　才様が、咲恵に選んで下さるのですか……？」

「うん。僕でよければ喜んで。咲恵に最高のコーディネートをプレゼントしてみせる」

本当は咲恵に自分を飾る喜びを知って欲しかったのだが、今日は仕方がないだろう。

まずは、咲恵の漠然とした理想像をたしかめる。色々なタイプの服を手にとりながら、咲恵のちょっとした反応を観察する。

どうやら咲恵は、ワンピースの系統がお気に入りのようだった。

辛いことが起こるたび、咲恵に優しくしたくなるのはなぜだろう。考えるまでもない。僕は戻りたいんだ、『兄』に。泡沫《うたかた》の夢であっても、取り戻したいんだ。穏やかで、美しい日常を。咲恵の笑顔を。それだけが、僕の本当だ。

様々な服を店内からかき集め、咲恵に次々に着てもらう。ファッションショーのようだった。しかし僕も服に詳しいわけではないので、簡単には決まらない——と。

咲恵が、集めた衣服の前でうずうずとした様子を見せだした。視線が服と服の間を行き来している。これは——。

「自分で選んでごらんよ」僕はすかさず言った。「試してみたい組み合わせがあるんでしょ？　なら、やってみるべきだ」

咲恵に芽生えた自発性を後押しする。微笑んで、咲恵の興味を肯定する。

「選んでもらうのも悪くないけど、自分のなりたい姿は自分で選ぶのが一番いいに決まっているよ。咲恵の理想の姿を、僕に教えて」

そう言うと、咲恵は迷った様子を見せながらもこくんと頷き、服を抱えて試着室へ向かっていった。

カーテン越しに、僕は期待を膨らませる。咲恵の成長の瞬間に立ち会えたことが嬉しかったし、誇らしくもあった。

「君は自由だよ、咲恵」

僕はその後、『仕事』をするためいったん咲恵と別行動をとることにした。

咲恵は屋上遊園地で僕を待ち、僕は薬の配達に向かう。派閥のメンバーである神谷尼子さんにインシュリンを届け、派閥外の神谷葉代さんにも尿酸の排泄促進薬を渡す。医療を活かしたロビー活動はうちの派閥の生命線だ。

そして届け物の用事をすませた僕が次に向かったのは渋谷の区立図書館だ。書架の間を巡り歩いて僕が求めたのはクロノス世界に関する資料だ。

特に僕が求めたのは、この世界に入ってすぐに兄さんから聞いた『バラシハ事件』の詳細だ。この事件の中にこそ、脱出のヒントが眠っていると考えていた。

バラシハ事件――過去にソ連で起こった、有名なクロノス世界の一例だ。一九八八年、ソ連バラシハに住むある母子が忽然と姿を消した。警察の必死の捜査にもかかわらず、母子は見つからなかった。その一年後、近くの森である老人が発見された。彼は自分のことを『アキム』と名乗った。それは失踪していた母子の息子の方の名前だ。

警察は当初その証言を信じなかった。アキムはまだ十代の少年のはずだからだ。

しかし、後にDNA検査によって彼こそがアキム本人であると実証された。彼は言った。自分はこの世界とそっくりの場所へと迷い込み、何十年も過ごしていたと。一緒に閉じ込められた母が死ぬまで、長い時を――これが、オカルトの界隈では有名なバラシハ事件の概要となる。

バラシハ事件にはいくつか、クロノス世界の法則から外れたところがあった。そこをとことん追究すればあるいは――本をめくり、考えを巡らせる。

即効性はなかったが、もしかしたらこうすれば、指令をクリアせずとも世界の外に出られるのではないか、と推測を立てることぐらいはできた。

でもその方法は、あまりに『神谷』とかみ合わせが悪かった。こんな方法を知られてしまえば、剪定選挙どころではない数の死者が出かねない。意味がない。

僕は本を閉じ、それを見なかったことにした。資料を隠し、記憶からも抹消した。

後日他の方法を探ろうと考えながら、急ぎ屋上遊園地へと向かう。


「咲恵？」

自転車を飛ばし、階段を駆け上がって屋上遊園地へと向かったが、そこに咲恵の姿はなかった。

寝てしまったのだろうか。ベンチをのぞくが、そこにも咲恵の姿はない。いったいどこに——と、ベンチに封筒が置いてあることに気がついた。上には重石《おもし》が載っている。

「……！」

内封されていたのは、縛り上げられた雪さんの写真だ。

「ああ……」

油断した。候補者は危害を加えられないようにルールで守られているからと、最低限の防衛すらしていなかった。でも、咲恵と雪さんは違う……！

5

「よ、才。さらわれたお姫様を助けにくるたぁ泣かせるねぇ」

地図に記されていた道玄坂のマンションに向かうと、玄関先に座っていたのは無斗叔父さんだった。軽く手を上げ飄々と僕に笑いかけてくる。

「咲恵と雪さんを返せ……神谷以外に手を出すなんて恥を知れ!!」

「そう意気込むなや。せっかく来たんだ、二人に会ってけ」

叔父さんに、玄関から続く廊下の突き当たりにある部屋に案内される。そこには——

「咲恵、雪さん……!」

咲恵と雪さんは監禁されていた。

部屋は手前と奥が鉄格子によって分けられ、二人は奥に閉じ込められている。牢屋《ろうや》に閉じ込められた罪人のように。

「これでも日曜大工《だいく》は得意でねぇ。象が体当たりしたって壊れねぇぞ」

「さ、才様ぁ……お母様が、お母様が……!」

目を潤《うる》ませている咲恵。僕は鉄格子越しに、その姿を仔細《しさい》に観察する。頬に腫れはないか、服は乱れてないか、動きはおかしくないか。

咲恵には何ら異常は見当たらないが、雪さんの方はぐったりと壁に背中を預けて座り込んでいる。視線が、定まっていない。

「雪さんに何を……！」

「何もしてねえよ。意識飛ばすのに掌底で顎先かすめただけだ。すぐ正気に戻る。ちなみに咲恵ちゃんの方はママのお写真見せたら大人しくついてきてくれたぜ。いい子だねえ」

無斗叔父さんは何の罪悪感も抱いておらず、手慣れている様子だ。何を言ったところで無駄だろう。だから僕は、息子の方に抗議することにした。

「零斗……こんなことをして、君は平気なのか⁉」

ポケットに手を入れて壁に寄りかかっていた零斗は、僕の呼びかけに目を眇めた。

「は？　何被害者ぶってんの？　人の女に先に手ぇ出してきたの、そっちじゃん」

「零斗の女……？」僕が、手を出した？

「知らばっくれるのやめてくんない？　俺の女っつったら、雹夏に決まってんじゃん」

「雹夏さん……？」

「は、何？　俺と雹夏が付き合ってるの知らなかったわけ？　俺たち、普通に将来とか誓いあってんだけど。なのにお前、毎日みたいに雹夏のとこ通ってさ」

勘違いをしている、とすぐにわかる。自意識の強さ故《ゆえ》の思い込みだろう。下手に否定して刺激しない方がいいだろうか——いや。これは、使える。

僕は鼻で笑うような口調で言う。

「付き合ってるって、それは思い込みじゃないかな。雹夏さん、零斗のこと自己陶酔が激しくて気持ち悪いって言ってたよ」

「何、デタラメ言ってんの！」カッと顔を赤くして、零斗は腰のホルスターから拳銃を――。

「よせ、零斗！」

叔父さんが咄嗟に腕を摑んで、息子の蛮行を止める。……零斗一人ならともかく、やはり叔父さんを出し抜くのは簡単じゃない。

「零斗、お前ルールちゃんと読まねえか！　候補者に暴力振るったら自分が死ぬんだよ！　露骨な挑発に乗ってんじゃねえアホが‼　狭い部屋では絶対に銃を撃つんじゃねえつっただろうが！　脅しだけにしとけ！　素人が使う武器はでけぇナイフ一択、いいな！」

叔父さんは零斗への説教を終えると、僕を伴ってリビングへと移動した。テーブルの席で、無斗親子と向かい合う。

「まず、次回以降の選挙で、俺と零斗には絶対に投票するな。いいか、うまいこと衣緒たちを言いくるめて、お前らのグループから一票たりとも俺たちに入らないようにしろ。このマンションの窓からは投票所を見下ろせる。選挙結果が表示された時に、俺たちに一票でも入っていたら――雪と咲恵は死ぬ」

無斗叔父さんをターゲットから外す。衣緒派のメンバーにどう説明すれば……いや、それは後で考えることだ。

僕にとっての最優先は咲恵だ。今は、全ての条件をのむしかない。

「次に、お前らのグループのメンバーの情報——いや、それに限らずお前の知っていること全てだ、全て俺らに報告しろ。一つ残らず、思い当たること全てだ」

要は、スパイになれということか。兄さんの最側近である僕に……！

「そして最後だ。才、次の選挙の投票用紙が配られたら、それを俺に渡せ」

「………………」票が減る——これはあまりにも痛かった。

僕らの派閥が四票となり、無斗叔父さんたちの派閥が五票になってしまう。ついに、票数を超えられてしまう。でも、断るという選択肢はない。

脳裏に天秤が浮かぶ。右の皿に咲恵と雪さん、左の皿に衣緒派。勝ったのは右の皿だ。

無斗叔父さんは条件の提示を終えると、改めた様子で続けた。

「それでな、才。重ねて言っておくが、俺らを裏切ろうなんて考えんじゃねえぞ。もし、そんなことが起こったら——」

叔父さんは何気ない動作で懐から黒い金属を取り出した。銃だ。零斗に持たせているのとはまた別の。映画ではよく見るが、実際目の当たりにすると現実感は希薄だ。

叔父さんはトリガーに指をかけ、発射口を対面式のキッチンへと向ける。

「……！」

甲高い発砲音が鳴り響き、重ねられていた皿が一瞬のうちにはじけ飛ぶ。

あまりにも重厚な現実感を伴った破壊――最悪の未来を予感させられる。

「……っ……っ……」

身体が芯《しん》まで冷えて震え出す。しっとりと全身に汗をかいてしまっていた。

「咲恵ちゃんがトマトになるとこ見たかねえだろ、才」

僕は深く頷いた。もはや抵抗など考えることすらできなくなっていた。

口を開くことすら恐ろしかったが、しかし一つ頼まなければいけない。

「お願いですから、咲恵と雪さんにひどいことをしないで下さい……暴力もそうですが……女の人に、無理に……」

「あ？　ガキのくせに、そんなこと気にしてんのか。やらねえよ、さらってきた女はやらねえ。監禁の基本じゃねえか。だいたいな、俺はこう見えてもてるんだぜ？　たまったもんの吐き出し口には困ってねえよ」

6

僕は叔父さん宅からの帰宅直後、リーダーである衣緒兄さんに深く頭を下げてお願いをした。「無斗叔父さんを投票先にしないでくれませんか」と。

「わかったよ、才。派閥の意志統一は僕に任せて」兄さんは何も聞かずに了承してくれた。全てを、察してくれているようだった。兄さんが気づかないわけないだろう。急に二人が消えたのだから。

咲恵と雪さんがいなくなり、本邸からは活気が消えた。初老の横間藍さんと神谷リリアさんのお手伝い二人が、必死に家を回してくれている。

「全て僕の不甲斐なさが招いた事態だ。本当にすまない、才」

……違う、全ての元凶は僕という人間の無能さだ。

後悔していた。失敗を取り戻したかった。でも、咲恵の安全を第一に考えると、僕は何もするわけにはいかない……！

「……大丈夫だよ才、何も心配いらないよ。僕が必ずなんとかしてみせるから。咲恵ちゃんも雪さんも、必ず僕が」

兄さんの目元にはくまがあった。……疲れさせているのは僕だ。これから兄さんはさらに疲弊していくことになる。なにせ派閥には僕というスパイがまぎれ込んでいる。

「ははん、なるほどねえ。累ちゃんもこの世界にいたってわけか。親父《おやじ》さん殺っちまって悪いことしたなこりゃ」無斗叔父さんは髭《ひげ》をそったばかりの顎を撫でながら言った。

秘匿されている累ちゃんの存在、兄さんが『医療』というアドバンテージを使い派閥のメンバーを増やしていったこと。全てを逐一《ちくいち》報告する。……最低だ、僕は。

訪問するたび、僕は咲恵と雪さんに鉄格子ごしに面会をさせてもらえた。

「才様、……ごめんなさい、咲恵は才様に迷惑ばかり……」

「私たちにはかまわないで下さい、才様。咲恵は大丈夫ですから……ご自分の大義を見失わないで下さいませ」

——こんな時にまで、あなたたちは僕の心配をしてしまうのか！

見捨てられるわけがなかった。こんな善良な人たちを助けたいと思えなくなったら、僕はその瞬間に人間ですらなくなってしまう。

そんな日々を二日、三日と続けていくうちに僕の方もだんだん、無斗叔父さんの狙いがわかってきた。

「衣緒の人望にひびを入れらんないもんかねぇ……。ジュリは衣緒の信者だし、累ちゃんは俺を恨んでるだろうし、尼子と葉代は治療受けてんのか……くそ、なかなか固《かて》ぇな。正攻法じゃきついか」

頭をかいてそう言う叔父さん。あなたがいつ、正攻法で戦ったことがある……！

無斗親子へのどす黒い憎しみに苛まれ、僕はこの数日間、ほとんど眠れていなかった。

闇《やみ》の中で膝を抱え、窓から月を眺めていると、自分がだんだん変貌していくのが実感としてわかる。

僕は想像の中で、何度も無斗親子を惨殺した。

神谷を変えると息巻いていた青い自分のことは、もう思い出すことができない。

咲恵が側にいてくれないと、僕はこんなにもあっさり変わってしまう。


その夜。無斗叔父さんの家から出た僕は、自宅に戻る気にもならず、あてもなく、音の無いクロノス世界を歩いていた。

ふらふらと歩き、そうしてスペイン坂の階段を上り切ったあたりで、

「姉様、お姉様！　ほらファイト、ファイトよぉー！　もう少し、もう少しだわ！　ねえ、ゴールは渋谷駅でいいかしら？　ね、もう少しだから頑張って！」

底抜けに明るい声が夜に響いた。これは、ジュリさんの声。

「おい、もう勘弁しろ……芸術家にこういうのは不要なんだよ！　ふざけっ……脇腹が、もう……おい、手を引くな！　離せ、止めっ……！」

「つれないこと言わないで欲しいわぁ！　わたし、お姉様と一緒に走りたいの！　ねえ、後で大浴場に行きましょう？　お背中お流しするわー」

ジュリさんは、雹夏さんと一緒にランニングをしているようだった。手を引かれている雹夏さんはふらふらで、今にも倒れてしまいそうになっている。

「ん？　なんだ、才か……？　実物か……？　実物だな……。ひ、疲労で……男児の幻覚を見てしまったのかと、思ったぞ……」

雹夏さんは僕を盾にするように背中に回り込んでくる。

「あの、汗がつくので触らないでもらえますか？」

「生意気言うなクソガキが……おい、お前からもジュリになんとか言ってやれ。一緒に走ろうと言って聞かないんだよ。ったく、何でわたしがこんな目に……何の罰だ、わたしがいったい何をしたというんだよ」

「僕のことを、脱がせたりしました。あと、どさくさに紛《まぎ》れて脇腹を撫でないで下さい」

こんな人はどうでもいいとして。

「こんばんは、ジュリさん」

真っ青なワンピースを着ているジュリさんは、滂沱《ぼうだ》の汗を流していた。

「さ、才くんだわぁ……こ、こんばんは。さ、お姉様、行きましょう」

ジュリさんは相変わらず僕に興味を抱いていないようで、そのまま雹夏さんを連れていってしまおうとする。

「あの、ジュリさん！」僕は背中に呼びかけ、引き止めた。何でもいいから、誰かと会話をしていたかった。「……あの、お二人で運動をしていたんですか？」

「ええ……。ウォーキングを、しているの。運動を怠ると、わたしすぐに太って、醜くなってしまうもの……」

「ジュリさんは醜くなんてありませんよ。少しくらい太っても——」

「ダ、ダメ……！　ふ、太ったわたしを衣緒様に見られるわけにはいかないわ!!」

ジュリさんはぶんぶんと首を振る。

「綺麗で、綺麗でいたいの、衣緒様の前では……だからわたしは頑張るの。い、衣緒様喜んで下さるかしら……ねえ見て、最近お腹がますます引き締まってきた気がするのぉ！」

ジュリさんは自慢げにセットアップの分かれ目をめくり、お腹の下部を露出する。あまりにも細いのに肌だけは瑞々《みずみず》しく、まるで苗木のようだった。日頃どれほど節制と手入れを重ねているかが一目で分かる。

やりすぎはよくないが、羨《うらや》ましい、と僕は思う。スパイとして兄さんの敵に回ってしまっている僕と違って、この人はちゃんと衣緒兄さんの役に立とうと頑張っている。

「ジュリさん、ごめんなさい……」僕は無意識のうちに謝罪の言葉を紡いでいた。「詳しくは言えないんですが……僕は今、衣緒兄さんにものすごく迷惑をかけているんです」

目を伏せる。

「兄さんは、僕のせいで窮地に陥るかもしれません。これから兄さんが何か失敗したとしても、それは兄さんの責任じゃ——」

「衣緒様が失敗するわけないじゃない!!」

怒気を孕《はら》んだ声で突然叫ばれ、僕は身を震わせた。

「と、とんだ不心得者だわ……！　い、衣緒様の実力を疑うなんて！　めっ！　めっ……！　ダメよ、そんなこと考えてはダメなのよぉ！」

ぺち、ぺち、とジュリさんは僕の頭を叩《たた》いてくる。地味に痛い。

「ジュリさんにとって衣緒兄さんは……そんなにも絶対的なんですね」

「衣緒様が絶対なんて当然よ、当たり前のことだわぁ……！　だって、衣緒様はわたしに全てをくれたもの。さ、才くんだって見ていたでしょう？　衣緒様が、わたしをどれほど変えて下さったのか！」

ああそうだ、と僕はなつかしく思い出す。ジュリさんは昔、かなり太い体型をしていた。それが原因でいじめを受けたジュリさんは外に出るのも辛そうだった。

そんなかつてのジュリさんを、衣緒兄さんは一夏のうちに救ってしまった。

神谷ジュリ。僕ら兄弟にとっては従姉妹《いとこ》の従姉妹にあたる人だ。ジュリさんのお父さんである神谷冬季《ふゆき》さんは都議を務めていたが、ジュリさんが十歳の頃に死亡してしまう。

ジュリさんのお母さんである神谷リリアさんはそれまで専業主婦であったが、死んだ夫の代わりに働きに出ることを余儀なくされ、神谷本邸のお手伝いとして雇われた。

本邸のお手伝いは激務の上に泊まり込みでの仕事も多く、リリアさんは一人娘のジュリさんをあまりかまえなくなってしまった。

当時まだ小学生だったジュリさんは、父を失い母にもかまってもらえない寂しさから、食に走った。渡された食費で適当なジャンクフードを買いあさり、不規則に食べた。

食生活が乱れたことでほんの数ヵ月のうちに彼女は太り、いじめを受け、視線恐怖症すら患った。学校に、通えなくなった。神谷家はそのような存在を許容しない。

夏の親戚の集まりの際、ジュリさんは神谷家の人たちに責め立てられた。

『見苦しい、政治家としてふさわしくない体型だ』『今から不登校だとぉ？　中学受験はどうするつもりだ』

衆目の前でジュリさんの服を脱がせ、打擲《ちょうちゃく》する上の世代の老人たち。あまりにも目にあまる光景に我慢ができなくなった僕は、衣緒兄さんが一人暮らしをしているマンションにこっそり一報を入れた。『ジュリさんを助けてあげて下さい』

当時医大生だった衣緒兄さんはその日のうちにやってきてくれた。僕と一緒にジュリさんの家を訪ね、ダイエットへの協力を申し出た。何度か渋谷に来ては指示を出し、一夏が過ぎる頃には、ジュリさんを健康なまま適正体重にまで変えてしまった。

「衣緒様、瘦せたご褒美《ほうび》にかわいい服を、いーっぱい買って下さったの……ア、アクセサリーも。衣緒様手ずからカットして下さったルビーなの……！」

ジュリさんは胸元をぐいっと広げ、当時もらったルビーのアクセサリーを僕に見せつけてくる。……無防備な振る舞いに、顔が熱くなる。

本人たちは隠しているつもりだろうが、僕はジュリさんと衣緒兄さんがどんな関係にあるのかを知っている。幼い頃に一緒にジュリさん宅に通った際、偶然そのシーンを見てしまったからだ。当時は、意味がほとんどわからなかったけれど。

愛する人にふさわしい自分でいなければ。ジュリさんはその一心で、スリムな身体を保ち続け今に至る。かつての過食の反動で拒食症の気はあるが、検査では健康体そのものらしい。毎食の指示を兄さんが出しているおかげだ。

自信をもらったジュリさんは学校にも通えるようになり、今では都内の一流の女子大に通っているくらいだ。

……独特の自信を持ちすぎたせいでジュリさんの対人態度がおかしくなったのは、衣緒兄さんにもさすがに予想外だったみたいだけれど。

すごいな、とあらためて僕は思う。衣緒兄さんに関する他の逸話に比べれば、これは地味な部類かもしれないが、それでも人を一人救っていることには違いない。

「そっか……僕は一人で悩んでないで、衣緒兄さんをもっと信じるべきなんですね」

「そうよ……！　やっと気がついたのね才くん！　それでこそ衣緒様の弟だわぁ！」

ジュリさんは高揚《こうよう》してきたのか、それからもぺらぺらと兄さんのことを語り続ける。

「ああ……思いを共有できるって、とっても嬉しいことなのね。雹夏さんも才くんも、とってもいい人で嬉しいわぁ！」

ジュリさんは「ふふふ♪」と笑い、僕の頬をつんつんと突いてくる。爪《つめ》がぐさぐさ刺さって痛かったが、これまで無視されていたジュリさんと話ができて嬉しかった。

息が切れるまでひとしきり兄さんへの信仰を話し尽くしたジュリさんは、急にきょどきょどと目を泳がせはじめた。

「才くん、雹夏さん……最近わたしね、バ、バレエを始めてみたの。衣緒様にいただいたこの細身を、誇り、たくて！　み、見てくれないかしら？」

「バレエ？　ぜひ見たいです！」

「それはいい。女で百七十を超える身体は、美の神からのたまわりものだ。存分に咲き誇れ」

雹夏さんは穿いていた男もののジーンズのポケットから、手帳とペンを取り出した。

息を深く吐き、バレエの基本姿勢を取るジュリさん。両脚を扇のように百八十度開き、腰を落とす。

軽やかに跳び、両手を水平に伸ばす。伸ばした両手を頭上で合わせて、少し屈む。

片脚を軸に立ち、もう片方の脚で空を蹴る。身体を弦のように引き絞り、独楽《こま》のように優雅に回る。

片脚を後頭部に付着するほどに掲げ、その体勢をキープする。スカートが腿《もも》の方へと滑り落ち、白い脚が付け根まで露出していく。まるで、三日月のよう。

「ああ、ジュリ、美しいぞ。お前は、本当に美しいぞ。素晴らしいジュテだ。素敵な『今』をわたしが切り取ってやるからな」

霓夏さんはものすごいスピードでラフをとる。即興とは思えないほどに形のとれた、動的な絵だった。さすがはプロだと感嘆してしまう。

この二人がどうやって仲良くなったのかはわからないが、霓夏さんがジュリさんに惹かれたのは、その美しさ故かもしれない。

衣緒兄さんを愛している。その一念だけでこれほどの美を成し遂げたジュリさんの健気《けなげ》さに、胸がグッとしめつけられる。神谷も、邪悪な人ばかりではない。

なんだか、勇気づけられた。この美しい踊りの先にあるものはハッピーエンド以外にはありえない。

「これからも、一緒に！　い、衣緒様の助けになれるよう、頑張りましょう……！」

僕とジュリさん、霓夏さんはそう言って別れた。

それが——ジュリさんとの最後の会話になった。

7

神谷本邸の一室に鮮血が広がっていた。人が、倒れていた。倒れていたのは二人だ。

神谷リリアさんと、それから、あれは、あの長い脚は――。

「ジュリさんが……なん、で……ここ、で……」

住み込みのお手伝いであるリリアさんが自室で倒れているのはわかる。でも、ジュリさんは近くの家に住んでいたはずだ。どうして、ここで倒れてる……？

遅れてやってきた兄さんは、藍さんと手分けして包帯だらけのジュリさんの身体を部屋から運び出し、軒から外に出た。車の音が聞こえる。

「なに、が……」


朝方になって藍さんだけが本邸に戻り、僕に現状を教えてくれた。ジュリさんは衣緒兄さんの必死の措置により一命をとりとめたが、予断を許さない状況が続いているらしい。

「でも、どうしてこんなことが⁉ 誰が、二人を……！」

おかしい、どう考えてもおかしい。ジュリさんは神谷の血を引く剪定選挙の候補者だ――候補者はルールによって守られているはずなのに。

藍さんは声を少し震わせ、言った。

「リリアを殺したんは、娘のジュリさんです……ジュリさんが馬乗りになってリリアの胸にナイフを刺しとるんを、わたしが見とります……」

ジュリさんが、お母さんを殺した――「じゃあ、ジュリさんを刺したのは」

「ジュリさんを刺したんは……ジュリさんご自身です。リリアを刺したナイフで自分の喉を……心中《しんじゅう》未遂、ということになりますわなあ」

僕はルールを思い出す。『選挙以外の手段で、他の候補者を害した者は死刑に処す』

……そうか、自傷は許されるのか。

ジュリさんがこんな凶行に及んだ動機については、推測できないわけじゃない。最初の選挙の際だってジュリさんは、リリアさんと喧嘩をして泣いていた。

わからないのは、タイミングだ。どうして今でなきゃいけなかったんだ。

つい数時間前までジュリさんは、衣緒兄さんにバレエを見せるのだと、張り切っていたのに。どうしてその数時間後に母親を殺して、自分の喉を突かなくてはならない……!?

病院中を探すと、集中治療室の前のベンチで衣緒兄さんはぐったりとうなだれていた。身につけている手術着にも手袋にも、べっとりと血が付着している。

「オ……」

兄さんは泣きそうな表情を浮かべ、すがるように僕を抱きしめた。

ジュリさんの容態は一応安定はしているが、心肺停止状態が続いたことで脳にダメージを負った可能性があるとのことだった。

「ああ、オ……僕はダメだ。間違えた、間違えたんだよ……戦い方を間違えた。正攻法で行くべきだった。手段を選ばないことにかけては、向こうの方が上だったんだ……」

悪知恵比べにかけては無斗叔父さんの方が何枚も上手だった。兄さんは悔いていた。

この一件において、叔父さんから働きかけがあったのはたしかだろう。だが、どうやった？　ジュリさんがリリアさんを昨夜殺すように決意させるには——。

「いつだって僕を大事に想《おも》ってくれるジュリは、僕にとっての支えだったんだ！　父さんとうまくいかず泣いている僕を慰めてくれた人……地方にいる僕に何度も会いにきてくれて……ジュリの治療をしながら、本当に治されていたのは僕の方だったんだ……これからも、側にいて欲しかったのに！」

痛いくらいに僕の身体を抱きしめる。あの衣緒兄さんが、僕ごときにすがらなければならないほどに弱くなってしまってる。

衣緒兄さんにとってのジュリさんは、僕にとっての咲恵なのだとこの時に理解した。

いつまでも衣緒兄さんの側についていてあげたかった。一緒に、ジュリさんの容態を嘆きたかった。

けれど、僕は毎日の定期報告に行かなくてはいけない。咲恵と雪さんの安全のためには、この情報すらも伝えなくては……。

8

「リリアが死んで……ジュリが自殺未遂だぁ……⁉　おいおいおいおい、なんだぁその急展開は。あの骨女いきなり何しちゃってくれてんだよ⁉」

昨晩起こったことを伝えると、無斗叔父さんは驚いたようにテーブルに身を乗りだした。白々《しらじら》しい。原因は絶対に叔父さんに決まっている……！

憤怒《ふんぬ》に、思わず摑みかかりそうになった。けれどこらえる。最優先は咲恵と雪さんの命であることを忘れてはならない。ここでルール違反を犯して僕が死ぬわけにもいかない。

「しっかしなんだぁ、あの骨女、何が気にくわなくて母親にんなこと──ああ、そうか」

無斗叔父さんはそこで言葉を切ると、「チッ」と舌を打った。ジュリさんの凶行の原因に、思い当たることがあるようだった。やはり、この人が……！

「まあ、こうなりゃ結果オーライってことでいいか。素直に喜んどくとする。サンキュー骨女、余計な手間が省けたぜ」

無斗叔父さんは合掌のポーズを取り、軽い調子で言った。

「ジュリが死にかけ……となると次の選挙では、浮動票は全てジュリに流れんだろうなぁ」

……そうなるだろう。癌の情報が流れた途端に昭吾さんに票が集中したように、次の選挙で死ぬのは高確率でジュリさんだ。

「よーし、次の選挙でお前らの派閥も全員、ジュリに入れろや。一票たりとも他に入れんじゃねえぞ。指示を違えた場合は、どうなるかわかってるな？」

ジュリさんが次の選挙で死んでしまえば、僕らの派閥に残るメンバーは衣緒兄さん、僕、累さん、尼子さんの四名。しかし僕の投票用紙は叔父さんに渡す約束なので、残りは僅《わず》か三票……もう、派閥としての体はほとんど保てなくなる。

ジュリさん——僕の友達。そう、友達だ。昨夜、彼女は僕にそう言ってくれた。

利己的な神谷の中においてジュリさんの在り方は、泥に咲く蓮の花のようだった。あの花を伐《き》るのか僕は、伐れるのか。

僕は天秤を思い浮かべた。右の皿に咲恵と雪さん、左の皿には死に瀕《ひん》したジュリさん。二者択一。切り捨てるべきはどちらなのか、明白だった。

次の選挙ではジュリさんに票を集中させる。派閥のメンバーにその方針を伝えてくれたのは衣緒兄さんだった。

「仲間であるジュリに票を入れるのはきっと皆さん辛いでしょうが……でも仕方がないんです。僕らの派閥の票数はもう心許《こころもと》ない。今回はジュリに票を集中させて確実に一位になってもらうことで、僕らの安全を図るしか……」

現状において、僕らの派閥が一番ダメージを被《こうむ》るのは、実はジュリさんが一位にならない状況だ。誰が死ぬかわからない状況では、僕らのうち誰かが殺される。この世界最大の派閥はもはや、五票を持った神谷無斗の陣営なのだから。

先の長くないジュリさんに確実に一位になってもらうのが、判断としては最善だ。

だが、それはあくまで理屈の話。感情は、別だ。

「ジュリちゃん……ごめんね、何もできなくて、ごめんねぇ……」

累さんは顔を覆《おお》って泣いていた。また、この子に身近な人の死を……。

尼子さんは明らかに戸惑いの表情を浮かべていた。もしも兄さんから糖尿病の治療を受けていなかったら、とっくにうちの派閥から離れていただろう。

もはや僕らは、派閥としての体を成してはいなかった。

五話　密室殺人

1

剪定選挙当日。僕はその日の昼に、無斗叔父さんの拠点を訪れ、約束通り自分の投票用紙を渡した。帰りには、いつものように鉄格子の中の咲恵と雪さんに面会する。

「才様、お顔が真っ青です……ごめんなさい、咲恵のせいでごめんなさい……」

「ああ、こんなに、こんなにやつれてしまわれて。おいたわしい……私たちがふがいないばかりに……」

相変わらず、二人は僕の心配ばかりをする。やめて欲しい。これからジュリさんを殺そうという僕に優しくするのは……。

「ねえ、キモいお涙ちょうだい劇とかやめてくんない？　うっとうしいんだけど」

見張りの零斗は長い前髪をいじりながら、冷めた口調で言う。頭が熱くなるが、このバ力をへたに刺激するわけにはいかない。名残惜《なごりお》しいが二人から離れる。その時。

「――うろ……」

雪さんが、僕の耳元に小声でそう囁いた。意味はわからなかったが、これは何らかのメッセージだ。僕は何も聞いてない風を装いながら叔父さん宅を後にした。

神谷本邸に戻った後も、僕は『うろ』というメッセージが気になった。うろ――虚《うろ》――木――考えられる木としては、父さんが吊るされていた庭の一本松だろう。一応確認してみたが、この木には虚がない。

もしや、『うろ』とは何らかの暗号なのだろうか。じっくりと考えてみたかったが……

もう選挙の時間が迫っていた。

2

投票時間になったが、僕は今回投票には参加しなかった。スペースを取り囲む壁に背を預け、皆が投票の列に並ぶのを遠目に見ることしかできない。

自分の票は叔父さんに渡していたし、累さんの分の票は叔父さんに取られないよう、兄さんに投票を頼んでいた。

雹夏さんは投票所に来ていなかった。見たいわけがないだろう、友達であるジュリさんが死んでしまうところなんて。今、どんな気持ちでいるのだろうか……。

投票を終えてきた兄さんの横顔をちらりと見るが、顔に陰《かげ》をつくって沈んでいて、何も考えられない様子だ。

どうして、こうなってしまったのだろう。

汚い手段で人を殺し、自分たちだけが生き残ろうとした罰なのだろうか。

この先、僕たちはどうなるのだろう。咲恵と雪さんを守るためには唯々諾々とスパイを続けるしかないが、続けたところで待っているのは派閥の死。次の選挙で殺されるのは兄さんだ。

そうして投票は締め切られ、開票結果が壁に光の文字で表示される。

僕は目を瞑る。見たくなかった。ジュリさんの死が決定するところなんて。

「――――はぁ……?」

耳に届いた少し間抜けな声は、無斗叔父さんのものだった。それにつられるように場がざわざわとざわめき立つ。

「……?」僕は目を開け、何が起こったのかを確認する。

投票結果の示された壁を見ると――。

一位　神谷無斗　一票

「え？」叔父さんが、一位？

「おいおいおいおいおい、なんだよこりゃあ……どうしたよ。おいおいおいおい、ふざけんじゃねぇよ！　衣緒、てめぇどんな手を使いやがった！」騒ぎ立てる無斗叔父さん。

衣緒兄さんの顔を見る。しかし兄さんも何が起こっているのかわからないようで、

「何、が……？」と唖然と言葉を失っていた。

「ルール違反だ！　ルール違反があったに違いねぇ！　衣緒、才……！　てめえら何しやがった！　この光景、零斗がそこのマンションから見てんだぞ！　雪と咲恵がどうなってもいいのかぁ!?　なぁ!?」

やがて現れるカラフルな色の軍勢。彼らは、口元に愉悦の嗤いを浮かべながらじたばたもがく叔父さんを連れていく。

四度目の処刑がはじまって——いや、呆気にとられている場合じゃない！

咲恵と雪さんの囚われているマンションは、この投票所の隣にある。看守役の零斗がこの光景を見下ろしていたとしたら、咲恵と雪さんが殺される！

僕は投票所のスペースから駆け出した。

「才……！」衣緒兄さんも僕を追って一緒に来てくれている。

マンションにたどり着く。階段を駆け上がり、咲恵たちが囚われている五階の部屋に。

しかし――「鍵が……！」

内側から鍵がかけられている。中からはかすかに音が聞こえてくる。

『お母様……！　お母様！　もうやめてぇ……!!』咲恵の泣き叫ぶ声！

「零斗、やめろ!!　お願いだ、ここを開けて!!」

分厚いドアを叩く。誰か、この扉を……！

「……そうだ、叔父さんならここの鍵を持っているはずだ！」

衣緒兄さんが引き返す。兄さんを待っている間ずっと、僕はドアを叩き続けた。どうか、咲恵を！　その時。

「がぁ……ああああああ……！　やめっ！　やめぇえええぇっぐぅっ……！」

次に中から聞こえてきた叫びは零斗のものだ。何が……どうして加害者である零斗が苦しんでいる!?

「オ……！」

戻ってきた衣緒兄さんが、鍵を差し込んでドアを開けた。靴のまま室内に飛び込み、一直線に廊下の突き当たりにあるドアへ――。

また鍵に阻まれた。内側から鍵をかけられている。ドアノブを何度引っ張っても体当たりしても、びくともしない。どうすれば――そうだ。

『日曜大工は得意でねぇ』叔父さんはそう言っていた。中の鉄格子を自分で作った、と。

ならばどこかに工具があるんじゃないだろうか。僕は急ぎ隣の部屋を開けてみる。

工作台と思しき台の上に、工具箱が置いてある。中からハンマーとドライバーを取り出し、ドライバーを釘《くぎ》のようにドアに打ち付けた。ドアノブを強引に取り外し、穴に手を突っ込んで鍵を開ける――。

「あぁああ……あああ………」

部屋の中には、おぞましい光景が広がっていた。死んでいた――雪さんが。

雪さんは牢屋の中で横たわっており、開いた瞳が床の方を向いている。口からは鮮血をこぼしており、脇腹にはナイフが突き立っていた。この短時間のうちにどれほど殴られ、刺されたのか、顔にも、はだけた腿や腕にもあざや切り傷が無数に刻印されている。

死体はもう一つ。なぜか、零斗までもが死んでいた。首に巻き付けられた太い紐によって鉄格子から吊るされている――いや、こんな奴はどうでもいい。咲恵、咲恵はどこだ、どこに――「咲恵……!!」

咲恵は雪さんの腕の中に抱かれていた。身体を縮こまらせた咲恵を、事切れた雪さんが覆い被さるようにして守っている。意識はないようだが、呼吸をしている様子はある。

「咲恵……!」

僕は鉄格子の左側にある入り口から、牢屋の中に入ろうとする。けれどそこには、無骨な南京錠《なんきんじょう》が取り付けられている。開かない、開かない……！　そこで咲恵が震えているのに僕は、何も――!

結局、僕が咲恵のもとに駆け寄ることができたのはそれから数分後だった。兄さんが工具で鉄格子を壊してくれた。

雪さんの亡骸に抱かれた咲恵は、頬にこそ殴打のあとらしき腫れがあったが、他には傷もなく、無事のようだった。心は、別として……。

3

神谷無斗が死んだ。仇敵《きゅうてき》は消え、とりあえずの危機は去った。

実感はまるでない。選挙で勝った理由を誰も説明できないからだろう。

それに、失ったものがあまりにも大きすぎた。

ずっと僕の成長を見守ってくれていた雪さんが死んだ。あの優しい『お母さん』は二度と僕にぬくもりをくれることはない。

僕は布団に寝かせた咲恵の頭を、何時間も撫でていた。気がついた時には、神谷本邸の僕の部屋には朝陽が差し込んでいた。

咲恵は時折ぼんやりと目を開けることがあったが、そのたびに「ひぃっ……!」と身体を震わせてきつく目を閉じ、すぐにまた寝入ってしまう。

「オ……」その時襖が開き、衣緒兄さんがそっと部屋に入ってくる。「咲恵ちゃんの様子はどう?」

「うなされています……」

「そう……無理もないね」

衣緒兄さんは咲恵の頬の冷却シートを貼り替えた。腫れはもうひきつつある。やはり殴《は》られていたようで口の中も軽く切っていたが、処置するほどではないようだった。

衣緒兄さんは昨晩、雪さんの身体を車で病院に運び込み、痛めつけられた身体に包帯を当ててくれた。咲恵がお母さんの亡骸にお別れを言えるぐらいに回復したら、それから荼毘に付してくれるとのことだ。

「……正直、これからの計画については立てようがないんだ」兄さんは片手で頭を抱える。「不可解なことが多すぎる」

不可解なこと――まずは選挙結果だろう。皆でジュリさんに入れたはずの票が無効となり、無斗叔父さんがたった一票で一位となって処刑された。

そしてもう一つ――誰が神谷零斗を殺したのか、だ。

雪さんを殺し咲恵を殴ったのは、おそらく零斗だとは推察できる。でも、零斗を殺したのは誰なんだ……?

「途中までは、何があったのか推察することはできるんだ。零斗くんが、雪さんを殺害したところまでは」衣緒兄さんは現場検証の結果導き出された零斗の動きを語る。

「零斗くんは当日、監視役としてあの部屋で、咲恵ちゃんと雪さんを見張っていた。鉄格子の前の小椅子に座ってね。部屋には内側から鍵をかけていたのだろう、誰かが急に踏み込んでこないとも限らない。

　あの部屋の窓から双眼鏡で投票の様子を見下ろしていた零斗くんは、父親が処刑の憂《う》き目《め》にあったのを確認し、怒り狂って報復を開始した。

　彼は南京錠を開け、牢の中に入った。そして内側からまた南京錠をかけた、二人を逃がさないように。ハンマーとナイフで雪さんを散々になぶり――娘をかばってうずくまった雪さんの脇腹にナイフを突き立てて殺害した。ここまでの推察は容易だ。ハンマーにもナイフにも、零斗くんの指紋がべったりとついていたから。雪さんをなぶっていた時についたであろう返り血なんかも、彼のシャツの袖口に飛び散っていたよ」

　雪さん……どれほど痛かっただろう、どれほど恐ろしかっただろう。

「……問題はその後だ。零斗くんは、雪さんの殺害後に、何者かに絞殺されている。いったい誰が零斗くんを殺害したんだろうね？」

たしかに、零斗の首を鉄格子から吊った犯人は他にいるはずだ。

　零斗が殺されたタイミングはあの時だろう、僕は玄関のドア越しに彼の断末魔らしき叫びを聞いている。

その後すぐに、兄さんが持ってきてくれた鍵で僕らは家に飛び込んだ。一直線に牢のある部屋に向かおうとして、またドアに阻まれた。部屋の内側からしか鍵のかけられないドアに。こじあけて中に入ったが――いたのは死んだ零斗、雪さん、そして咲恵だけだ。

零斗を殺した何者かは、いったいどのタイミングでどこに消えたんだ……？

「窓から……？」

「いや、窓にも鍵がかかっていたよ。そもそもあの窓は上に少ししか開かない上に、マンションの五階だ」

雪さんには零斗を吊るのなんて不可能だ。その前に零斗に殺されたと推測できる。咲恵にだって不可能だ。子供の咲恵に十五歳の零斗を吊るす体力なんて……！

何者かは、雪さんを殺したばかりの零斗を絞殺した。牢の中に入ったのか、それとも牢の外側からうまく零斗の首に紐を回し、最後に鉄格子にくくりつけて身体を吊った。その後、僕らが部屋に飛び込んでくるわずかな時間で忽然と消え去った。

陳腐《ちんぷ》な言葉で表現するなら、これは実質的な密室殺人……？

「オ、もう一つ伝えなければいけないことがある。零斗くんの首をくくっていたあの紐は――父さんの首を吊っていたものと同種のものなんだ」

「……！　父さんを殺した犯人が、あそこにいたということですか⁉」

父さんの死。あの後すぐに選挙が始まったことで曖昧になってしまっていたが、あれもやはり何者かの手による殺人だったということか。

僕は、犯人に対してどういう思いを抱けばいい？　父親を殺された息子として怒ればいいのか、もしくは――結果として咲恵を助けてもらったことを感謝すればいいのか。

「犯人が零斗くんを殺したことはいい。結果として、咲恵ちゃんがこうして助かったのだから。むしろ、感謝したいくらいだよ」

でも、と兄さんは続ける。

「同じ人物がもしも父さんをも殺していたのだとしたら、僕は、許すことはできそうにない。元の世界に戻る前に、必ず捕らえてみせる」

4

零斗を殺し咲恵を助けてくれた何者かは、父さんを殺した犯人でもあるかもしれない。

正直に言ってしまえば僕は、咲恵を助けてくれた犯人に感謝したいという気持ちの方が強かったが――珍しく怒りを表明している兄さんのためにも、推理に協力することにした。これまでずっと迷惑をかけ続けてきた罪滅ぼしがしたい。

皆がジュリさんに入れた票が無効となった、零斗が密室で死んだ。

昨日の不可解性は、簡単に言ってしまえばこの二点に集約される。どちらも難題だ。方法については今のところ、想像もつかない。けれど、HOWではなくWHO。犯人は誰か、という観点から思考していけば、案外簡単に解き明かせるかもしれない。

だって、犯人は低くない確率で――「雹夏さん……」

昨日の剪定選挙開催時、投票所に姿を現さなかったのは本邸お手伝いの横間藍さんの他は、雹夏さんだけだ。

雹夏さんには叔父さんと零斗を殺す動機もある。ジュリさんをあの状態に追いこんだのは、間違いなく無斗親子だ。雹夏さんがその報復を試みたところで何ら不思議はない。

兄さんはすぐに雹夏さんに辿り着くだろう――その前に。

僕は急ぎ、雹夏さんが拠点としているマンションへと向かった。もしも雹夏さんが父さんを殺していたのだとしても、僕はかまわない。だって、咲恵の命を助けてくれたのだから。

兄さんは雹夏さんを許せないかもしれないが、何としてでも二人の仲を取りなしたい。

「雹夏さん！　開けて下さい！」

雹夏さん宅のドアをノックするが、反応はない。まさか、すでに雲隠れした後なのだろうか――いや。

僕は雹夏さんがいそうな場所に一つ、心当たりがあった。

「ん？　オか。今いいところだから出ていなさい。ちょうど筆がのっているところでね」

ジュリさんが眠り続ける個室の扉を開くと、そこには予想通り雹夏さんがいた。ベッド脇に置いた小椅子に足を組んで座り、ジュリさんの寝姿を小さなキャンバスに描いていた。

息を切らしてきた僕とは対照的に、いつものように飄々としている。

「人生で最もましな瞬間は常に『今』。最近つくづくそう思うよ」

唐突に、雹夏さんは言った。

「特にジュリにとってはそうだろう。もし目を覚ましたら、この子は親殺しの罪と向き合うことになる。かといってこのまま目を覚まさなければいずれ死ぬ。この子の人生に残された変化は『死』か『親殺し』の二択だけだ。時のうつろな世界の中で意識を失っている今この瞬間だけが、この子の人生の安らぎだ。なら、それを記録してやるのが絵を生業《なりわい》とするわたしの義務だろう」

僕は無言のまま、雹夏さんの創作を眺めていた。油絵の具の独特の匂いが、窓から吹き込む風に運ばれてくる。

「雹夏さんはどうやって……ジュリさんと仲良くなったんですか」

「だから、前も言ったろ。絵をあげたんだよ」

雹夏さんは顎で枕元《まくらもと》を示す。そこには小さな絵が飾られていた。縦長の紙に絵の具で描かれているのは鎖、らしきものだった。蛇のような螺旋《らせん》が二つ絡み合い、いくつもの輪を形成している。

「そんな手慰みをね、ジュリはたいそう喜んで受け取ってくれたよ。わたしの絵をあんなに嬉しがった買い手はいまだかつていなかった。『お姉様、わたしこれが欲しかったの!!』とくるくる回って興奮していたな。あまりに喜ぶから、時々描いて渡してやったんだ。それで四作目になる。二重螺旋シリーズ、とでも言おうか。まんまだな」

たしかにプロだけあって絵には独特の魅力がある。でも、何がジュリさんの心の琴線にそれほど響いたのだろう。

「雹夏さん、昨日の剪定選挙なんですが――」

「君らがジュリに入れたはずの票が無効になった。そうだな?」

「……誰かに、聞いたんですか」選挙時、雹夏さんは投票所にいなかったのに。

「聞いていないし、見てもいない。選挙中はずっとここにいたからね。でも、考えればわかることだ。そうだな、おそらく死んだのは無斗。違うか?」

すらすらと言い当てる。見ていたどころか、あらかじめ知っていたかのように。

疑念を深めざるを得なかった。やはり、この人が犯人なのではないか。

何らかの方法によって選挙結果をいじり、ジュリさんをひどい目にあわせたであろう神谷無斗を殺害し――その後に零斗をも殺害した。

と、僕の内心を見透かすかのように、雹夏さんは「フッ」と笑った。

「選挙結果は正しいぞ。ルールにちゃんと書いてある」

「え……？」

「わたしは犯人ではない、そう言っているんだよ。才、こんなものは推理とすら言えないほどの簡単な推察だ。全てはシンプルなんだ。一見複雑そうに見える物事ほど、よく見るとからまってすらいない一本の紐に過ぎん——よっ」

雹夏さんは言いながら、手にしていた絵筆をいきなり壁に向かって投げた。筆先は壁紙に血痕《けっこん》のような赤い染みを残し、床へと落下する。

「……何をしているんですか。大事な商売道具でしょう」

「なあ、才。今のわたしの投擲《とうてき》は、ダーツなら何点だろうな」

「わかるわけありません。的がないんですから」

「うん、そうだな。的がなければ零点だ。ま、そういうことだよ。わかったら、とっとと帰れ。創作の邪魔だ」

結局、思わせぶりな発言と奇行で迷いを増やされただけだった。だけど、僕はこの数分のうちに、雹夏さんという人間を心から好きになることができた。

ベッドに寝ているジュリさんの髪からはシャンプーの匂いがした。トリートメントを施されたあとも。寝顔には、美しい化粧も。

5

『選挙結果は正しいぞ。ルールにちゃんと書いてある』

僕は自宅に帰らず、渋谷の町をうろつきながらその言葉の意味を考えていた。

剪定選挙のルール、血族に配られる投票用紙に最も不要と思われる者の名前を書いて投票し、一位となった者が処刑される。シンプルで、無慈悲で、厳格だ。ただし、第四回の剪定選挙では、それは正しく適用されなかった。

なぜか、皆がジュリさんに入れたはずの票はカウントされず、何者かが無斗叔父さんに入れた一票だけが有効となった。

大量の無効票——選挙のルールにおいて、投票が無効とされるのはどういう時だ？

まず、記された名前の字が明らかに間違っている時。だが、今更これはないだろう。ジュリさんの名前はカタカナなのだから。

次に、投票用紙にひどい汚損がある場合、または偽物である場合。これもない。皆が同じタイミングで投票用紙を汚損するわけはないし、一度に全て偽物に取り替えることが可能だとは思えない。

「だめだ……」

選挙の謎の方は、すぐには解けそうにない。となれば、アプローチを変える必要があるだろう。もう一つの謎である零斗の密室殺人から考えた方が早いかもしれない。

僕は昨日の惨劇の舞台であるマンションへと向かった。

玄関のドアは開いたままで、廊下正面にある咲恵たちが監禁されていた部屋のドアは破壊されたままだ。

死体はすでに回収されていたが、まだ血の匂いがする。

部屋は手前と奥で二分されている。その仕切りとなっているのは鉄格子だ。奥に、咲恵と雪さんが監禁されていた。雪さんはドアから見て奥の壁に頭を向けて倒れ、その胸の中に咲恵を抱えていた。零斗は鉄格子の内側で、首をくくられていた。

部屋の入り口から見て右側の壁には窓がある。そこから見下ろすと、投票所が斜め下に見える。床に転がっている双眼鏡は、零斗が投票結果を見るために使っていたものだろう。

何か、投票所におかしなものはないだろうか。窓越しに下方を見る。円形のスペース、中央にぽつんと建つ丸い投票所。そこから放射状に伸びる十一本の線の模様。

 上から見下ろすと、投票所を取り囲む壁は完全な円形ではなく、少し波打つ円であることがわかった。まるで丸い花弁のようにも見える。仏壇についている家紋のような。

「いったい、どこから犯人は……」

壁や床のどこかに脱出ルートでもないかと探ってみたが、そんなものは見当たらない。窓も、上部が五センチほど開くだけだ。

「……こっちも」ダメ、か。

選挙の謎も密室の謎も、双方見当もつかない。そもそも、これは本当に解ける謎なのか？　いやまだ匙《さじ》を投げるには早すぎる。

僕はさらなる手がかりを求め、次に隣の部屋をのぞいてみることにした。

そこは、工作部屋のようだった。ビリヤード台のような大きな木机がデンと中央に置かれ、その上には各種工具がのっている。鉄格子を製作した際のあまりだろう、床には鉄棒の切れ端が転がっている——と。

工作部屋の壁には、プリントアウトされた写真が貼り付けられていた。写り込んでいるのは塀で光っている文字——最初にうちの庭で選挙のルールが提示された時の光景だ。

何度も読み返した選挙のルール。今更見落としもないだろうが——『ルールにちゃんと書いてある』

先ほど、雹夏さんから言われた言葉が妙に気になる。

何か、見落としでもあるのだろうか。僕は今一度、ルールの文章をじっくりと読んでいくことにした。一つ一つ、つぶさに。

〝選挙権と被選挙権を持つ者は神谷の血族に限られる〟

目に留まったのは、選挙権について記された一文だ。中でも、『血族』の二文字。ここからなぜか目が離せない。

血族。改めて向き合ってみると、これは不思議な言葉だ。『親戚』ではなく、『血族』。明確な、血のつながりを持った者。もしもここが『親戚』であれば、候補者はもう一人増えていた。ジュリさんの母親である、神谷リリアさん。外からお嫁に来た彼女は、血族ではないが神谷姓の親戚ではある。

でも、血族に候補者を絞るのは当たり前と言えば当たり前ではある。この選挙の目的は、神谷家の正当後継者の決定なのだから。

もし仮に親戚一同で剪定選挙をやって、最後の勝者が神谷の外から来た人になってしまった場合、一族の血が入れ替わってしまう。

そう、だから。主催者からすると、神谷の血縁外の者は断固候補者として認めるわけには――。

その瞬間、僕の脳裏に浮かび上がったのは、先ほど病室で見た二重螺旋の絵だ。二重螺旋――DNA。そして、的のないダーツ。

雹夏さんはもしや、暗にこう言いたかったのではないか。

ジュリさんは神谷の血族ではない。つまり――剪定選挙の投票対象ではない。

「…………っ」

でも待て、ジュリさんのお父さんは神谷の血族だ。ジュリさんも神谷の血を引く候補者に違いな――いや。

血族であることをどう証明する?

この世界でDNA検査をするのは不可能だろう。科学的に血縁であることを証明する術はない。だから、ここで唯一血縁の証明となるのは、配られる投票用紙だ。これは、選挙権と被選挙権を持つ者にしか発生しないものだから――「それも違う……」

この投票用紙すらも確実な血縁の証明とはならない。

なにせ、受け渡しが可能だ。僕が累さんの投票用紙を投函することも許された。

もしも、だ。もしも、ジュリさんが手にしていた投票用紙が別の人から譲渡されたものだとしたら、それを渡したのは――。

6

ジュリさんの病室にすでに雹夏さんの姿はなく、ジュリさんだけが一人眠っていた。喉の管がつながる先の機材の音だけがシューシューと音を鳴らしている。

僕は逸《はや》る呼吸を整えながら、枕元の台に飾られた二重螺旋の絵に手を伸ばした。雹夏さんがプレゼントしたという、縦長の紙に描かれた小さな絵だ。その裏側を見る。

「ああ……」予想は当たった。

『絵をね、あげたんだ』『ジュリは喜んでいたよ』

雹夏さんの言葉に嘘はなかった。ジュリさんは雹夏さんからもらった絵を心から喜んだだろう。

ただし、ジュリさんが喜んだのは絵ではなく、キャンバスとなった紙の方だ。この絵が描かれている紙は、剪定選挙の投票用紙だ。

ジュリさんは神谷の血縁者ではなく、投票用紙が配られなかった。

戸籍上はたしかにジュリさんは神谷リリアさんと神谷冬季さんの娘だが、おそらく、リリアさんは夫以外の男との間に子供を作った、それがジュリさんだ。

初回の選挙の時に、ジュリさんは目を腫らしながら、自分の母を『アバズレ』と評していた。投票用紙が発生しなかったことで、ジュリさんは自分が父親の血を引いていないことに初めて気がついた。そして、母親を責めて喧嘩したのだろう。

……今思えば、初回の選挙の時にジュリさんが握りしめていた投票用紙はとても偽物くさい。本物の投票用紙は薄いガラスのように硬く、おそらくあんな風には丸まらない。

衣緒兄さんの役に立ちたい、だけど自分には投票用紙がない——そう嘆いているジュリさんに、雹夏さんはどこかのタイミングで接近し、取引をもちかけた。

『投票用紙ならわたしのをやる。代わりに、お前はわたしの命を保証するよう衣緒に頼め』――そんな風に。

投票用紙を貰《もら》い選挙権を得ることができたジュリさん。だが、被選挙権までが発生したわけではない。

だから、みんながジュリさんに入れた投票は、無効となった。そもそも候補者ではない人に入れたから。

そして何者かが無斗叔父さんに入れた一票だけが有効となった。

何者かの、入れた票が。

そこから導き出せる結論は一つだけだ。

7

その日の深夜零時過ぎ。僕は布団からそっと抜け出した。

「咲恵……起きて、咲恵……!」

同じ布団で寝ている咲恵を揺り起こす。咲恵はすぐに目を開けた。

咲恵はもう、母を失った現実に怯えたりはしていなかった。身体を震わすこともなければ、声をあげることもない。でもそれは、心が修復されたというわけじゃない。目はうつろで、まるでお人形のような様子だ。

あまりにも痛ましかったが、今晩ばかりは咲恵がこうなっていることは、僕にとって都合がいい。

「咲恵、行くよ」咲恵の手を引き、僕は廊下を歩き、階段を下りる。

あらかじめ縁側の下に用意しておいた履物を取り出し、まずは咲恵の足に履かせ——。


「才、どこに行くの」


「…………」目を覆いたくなった。やはり出し抜けなかった。

僕は咲恵を縁側に座らせたまま、現れた衣緒兄さんに向き合う。

「……咲恵と、ここを出ていきます」

「出ていく……？　何を言っているんだ才！　こんな危ない世界に子供二人でなんて。どうして、そんな……」

言われなくてもわかっている。自分がどれほど無鉄砲《むてっぽう》なことをしているか。でも、ここにいるよりは安全なんだ——咲恵にとっては。

「兄さん……ジュリさんが神谷の血族でないことを、知ってましたよね。僕らですら気づいたんですから……兄さんに気づけないはずがありません」

「……ああ、知っていたよ。初回の選挙の時にジュリが握っていた投票用紙は、明らかに

たものですよね」
「それから、前回の選挙の時に無斗叔父さんに入っていた一票……あれは、兄さんが入れ
偽物だったからね」

「……うん、そうだ」
被選挙権のないジュリさんに全票が集まる状況――全ての票が無効となる状況。それは
つまり、自分の一票で誰でも殺せる状況に他ならない。
その絶好の機会を、衣緒兄さんは無斗叔父さんを討つことに使った。
「兄さんがあそこで無斗叔父さんを殺したから、零斗は……雪さんを殺したんだ！」
「……殺された雪さんには、本当に申し訳なかったと思う。しかし才、考えてもみてくれ
ないか。僕を含め全員が被選挙権のないジュリに投票していたとしたら、全票が無効票と
なり、何が起こっていたかわからない。ルールに、そのような状態は想定されていなかっ
たから」
「不測の事態を避けたかった気持ちはわかります……でも！」
「もし仮に、選挙が無効となりやり直しの選挙が行われていたとしよう。そうなれば皆、
おかしいと思ってきっと投票先を変えるだろう。やり直しの選挙では、僕らの派閥の誰か
が死んでいたかもしれないんだ。敵将である無斗叔父さんを仕留めるか、僕らが死ぬか。
あそこでは二者択一でしかなかったんだよ」

そう言われれば衣緒兄さんの選択は仕方がなかったかもしれない。リーダーとして先頭に立つ者は、時に残酷な判断を強いられる。

だが——僕はもう騙されない。

「そもそもとして！」僕は言う。「ジュリさんがこのタイミングで自殺をはかったのは、偶然なんですか」

僕にはとてもそうは思えない。ジュリさんは敵の裏をかくための生贄にされた。そうでなければあまりに僕らにとってタイミングが都合良すぎる。

兄さんは、何らかの手段をもってジュリさんを自殺未遂にまで追い込んだ。

神谷の習性からすると、瀕死《ひんし》の人がいればそこに票が集まる。被選挙権のないジュリさんに票が集まれば、大量の無効票が発生し、からくりを知っている衣緒兄さんにとって有利な状況が訪れる。

目に力を込めて、言い逃れは許さないと衣緒兄さんに迫る。すると兄さんは、観念するように目を伏せた。

「……そうだよ、そうだ。ジュリが自殺したくなるほどに追い詰めたのは恋人である僕だ。……彼女は、僕に大きな負い目があったからね」

「負い目……？」

「ジュリのお母さん、神谷リリアさんはね、無斗叔父さんのスパイだったんだ。いや、愛人といった方が適当かな」

「え……」

「昭吾さんの癌が無斗叔父さんにバレたことがあったろう？　あの時、僕の部屋からカルテを持ち出したのはリリアさんだ。たしかなことだ、証拠は山ほどあるよ」

たしかに本邸のお手伝いとして長いリリアさんなら、衣緒兄さんの隙を見計らって重要書類を持ち出すことも可能かもしれない。

それに、無斗叔父さんには愛人がいるような様子はあった。雪さんを襲わないでとお願いした僕に、叔父さんは『たまったもんの吐き出し口には困ってねえよ』まるで、この世界にもそういうパートナーがいるような口ぶりだった。

「……リリアさんがうちの陣営のスパイであることをジュリに伝えたら、彼女はひどく嘆いていたよ。『身内の恥は自分ですすぐ』――そう言っていた」

愛する衣緒兄さんに迷惑をかけた身内を処断し、自らも責任をとって死ぬ。ジュリさんならそうすると読んで、前回の選挙前のタイミングで兄さんはその情報を伝えた。

被選挙権のないジュリさん――それに気づいた兄さんは、ジュリさんを瀕死にまで追い込み、ジュリさんに票が集中する状況をつくった。そして無効票を大量に発生させ、自分の持つ一票の価値を極限にまで高め――叔父さんを殺害した。

「ジュリさんを……ジュリさんをなんだと思っているんですか！　あんなに、兄さんのことを……あんなに一途だったのに！」

「……最初に言ったはずだよ、才。天秤の左右の皿で大事なものの重さを比べ、比べ、比べ、比べ――傾いた最後の一つを守り切る」

僕のための割り切り、切り捨て。

「いらない……そんなものはいらない……望んでいない!!」

いくら神谷に染まるといっても、兄さんがここまで修羅に落ちるなんて考えてもいなかった。あの日、屋形船でお母様の姿を描き出してくれた衣緒兄さんは、もう見る影もなく別のものに変わり果ててしまった。

僕は咲恵を背中に隠して後ずさる。このまま逃げる。僕のためならあらゆる命を消耗材にしてしまう衣緒兄さんの元から。

「才、待って。僕の話を、もう少し――」

「衣緒様、ここは通せませんよ……」

縁側に面する襖から飛び出すように僕らの間に割って入ってきたのは、お手伝いの筆頭である横間藍さんだった。彼女は床の間に飾られている薙刀《なぎなた》を携えていた。足袋を履き、たすきで脇をくって袖をたぐり上げた彼女は、衣緒兄さんを睨みつけ涙を流していた。

「この婆《ばば》には難しい話なんかわかりゃあせんです……。でも、雪とリリアが衣緒様に殺されたってことぐらいなら、耄碌《もうろく》した婆でもわかるんですよ……。どっちも不出来な女中でしたよ。雪は身体が弱く、リリアに至っちゃあ、分家の無斗殿の愛人に成り下がる始末です。でもね、この婆にとっちゃあ、どっちもかわいい娘みたいなもんです……殺されたとあっちゃ、復讐《ふくしゅう》せんわけにはいかんですよ！」

薙刀を八双に構え、左足を少し前に出す藍さん。

「才様、ここはこの婆に任せてお逃げ下さい……どうか……雪の一人娘をお守り下さい」

どうすべきだ。

本当に、藍さんに全てを任せて逃げてしまっていいものか。藍さんは完全にいきり立っている。本当に、薙刀で兄さんに斬《き》りかかりかねない。

兄さん、どうするのだろう。ちらりと様子を窺うと——兄さんは思案するかのような様子で腕を組んでいた。ぶつぶつと一人呟いている。この状況で、いったい何を……？

「うーん、ちょっと展開が冗長な感じがするね。このシーンに、これほど尺を割《さ》くのはさすがにちょっと。藍さんのキャラを立たせる予定もなかったし、インパクトに欠けている。そもそも画面《えづら》も汚いな——よし、大胆にテコ入れといこう」

兄さんは言いながら、ジャケットの内側に片手を入れた。月の光に照るように輝いている、金属の塊《かたまり》を取り出した。「え——」

甲高い破裂音が夜の本邸に鳴り響く。無斗叔父さん宅で聞いたのと同じ音。

何が、何が起こった。どうして今、発砲音が聞こえてくるわけがある——温かな雨が降る。雨？　違う？　これは——どさり。藍さんがその場に倒れる。血だまりが——

「藍、さん……」

「まったく、モブの決意を読み逃すとは僕もまだまだ甘い。まあ、おかげでいい感じに『破』の展開に入ることができそうだから、怪我の功名とも言えるけど」

兄さんは胸ポケットから取り出した親指大の小型カメラらしきものを握り、堂々と僕の顔に向けてくる。もう片方の手には、叔父さんが使っていた銃が握られている。

「なに、を。なんで、カメ、ラ？」眼前の情報量が多すぎて、言葉がうまく出てこない。

「何って、撮影だよ。才の成長記録に決まっているじゃあないか。才がお母様のお腹に宿る瞬間。才がこの世に生誕した喜ばしい一時。育ち、物心がついて、人格が形成されていく様。僕は、ずっとそれをフィルムにおさめてきたんだよ。質はあまりよくないけどね。僕は芸術という面においては、雹夏さんにかなわないから。でも、なかなかよくできたホームムービーだとは思うよ」

ホームムービー。言葉の牧歌的な響きと、目の前に展開されている凄惨さとの齟齬《そご》に、頭がますます混乱していく。

「だから、なんで藍さんを殺すっ……必要が……！」

「死と銃は、物語の停滞を打ち破る最高のスパイスじゃないか。脚本術の基本だよ？　才の成長物語は、そろそろ次の展開に進むべき時が来たと判断したんだ。無斗さんの死の真相を解き明かしたご褒美だよ、才」

「――――」自分が根本的なところで勘違いをしていたことに気がついた。

衣緒兄さんはこの世界に来てから『神谷に染まる』と宣言し、手を黒く染めてきた。でも違う、兄さんは神谷に染まったんじゃない、元からそういう――。

これまで見てきた世界の全てが頭の中で書き換わる。

「……っ……っ……」どこまでだ、どこまでが兄さんの掌の上だった。

「昭吾さんの癌に関する情報を……リリアさんに抜き取られたのは偶然、ですか……？」

ずっと不思議だった。衣緒兄さんが、よりにもよって重要情報を盗み取られるなんてありえるのだろうか。

兄さんはくすりと笑う。どんな言葉より、雄弁な笑いだった。

「累さんが急におかしくなったのも……」

累さんは自分の票を僕が代わりに投票しているのを知り、その罪悪感で心を乱した。でも、誰がわざわざ教えた。僕が累さんの代わりに投票していることを。

衣緒兄さんはふふっと笑う。

「咲恵が叔父さんに拉致《らち》されたのも……！」

「もちろん。咲恵ちゃんが屋上遊園地に行くと、リリアさんに流しておいた。敵の女の子があんなにも無防備にふらふらしていたら、誰だってさらうよ」

「………！」

あえて苦境を作り出し、その渦中で何かを企《たくら》み――何だ、何のためにこの人は――。

「才、そんなに怯えないでおくれよ。僕はただ、大事な才に成長して欲しかっただけなんだ」聖者のように笑う。「場数を踏み、経験を積んで、ありえないほどの苦境を乗り越えていく。これほど成長に適した環境は、なかなかあるものじゃあない――才を人殺しにできる環境なんて、現実世界では望めない」

「…………っ、なんで、そうまでして僕を」変えたかったんだ――。

衣緒兄さんはにこりと笑い、その問いには答えなかった。

どうして僕を人殺しに変えたかったのか、その動機はわからないが――兄さんがどんな人間なのかはよくわかる。

神谷家が切り捨てる者ならば、衣緒兄さんは拾う者。拾い、育《はぐく》み――邪悪に染める。人を変化させること。それが、この人の目的なんだ。

兄さんのせいで、僕らはいつの間にか人殺しに変えられた。

僕は選挙で神谷夕間さんを殺し、ジュリさんも母親の胸にナイフを突き刺した。

改めて思い返すと不可解だ……いつの間に、どのタイミングで、僕らは殺人鬼に変貌してしまったのだろう？　我がことなのに、それがさっぱりわからない。

殺人という禁忌への抵抗感はたしかにあった。あったが……正直、それほどではなかった。どうして……僕にはちゃんと倫理観があったはずなのに。

「いつから自分が人殺しになっていたのかわからなくて悩んでる？　あの時だよ、才。義《ぎ》俠《きょう》心にかられ、僕への協力を自ら申し出たあの瞬間から才は地獄に落ち始めていたんだよ。義俠心と愛国心を抱いてしまった人間からは、正常な判断力が消えていく。倫理を溶かす劇薬なんだ、あれは」

兄さんは握手でも求めるかのように虚空に手を差し出した。

「困っていた僕に、手を差し伸べてくれた才――僕はその手をとって才の心をくるりと回し、一人の殺人者を完成させたというわけだ。一度坂を転がり始めたらもう止まらない。才、君はこれから自分でも驚くほどのスピードで劇的に成長していくよ」

興が乗ってきたのか――独演を披露する役者のように語り続ける。

「それにほら、この世界の剪定選挙というシステムは、人から殺人の実感を奪うのにかなり適していたからね。人は等しく一票として数字に置き換えられている。殺人の実行はカラフルな軍勢が代行してくれる。それにみんなが同じことをやっている――数字化、代行、同和。このマニュアルにそって行動すれば人は殺人という行為に伴う禁忌を感じられなくなるんだよ」

「……あんなに優しい笑顔の裏で、そんな！　あんなに、美しかったのに！」

「だから才、前に言ったじゃないか。僕という人間は印象によって形成されたイメージに過ぎないと。イメージの操作はたやすい。一つか二つの劇的なエピソードを要所に差し込んでおくだけで、相手の頭の中で都合よく偶像となることができるんだ」

口ぶりは、作劇の手法について語る作者のよう。

「僕は儚く美しい役どころである必要があったんだ。いかにもな悪人には誰も従ってくれないからね。僕がレクター博士みたいな言動をとっていたなら、みんな離れていくだろう？　有能すぎるのもNGだ。悪人は悪の姿をしていない。天使に化けているわけでもないよ。普通よりは少しだけ有能だけど、みんなを率いていけるほどは強くないから助けを必要とする弱いリーダー。そのポジションにこそ、本当の悪は巣くうんだ」

激しい後悔に襲われる。この兄を盲信して僕は、自分の頭で考えることをしなかった。

生まれてから十年間、真っ白な光の陰に隠れた悪魔の声に従った。じわじわと、自己を蝕《むしば》まれていることにすら気づかずに。

怖い。僕は今、どんな姿をしているのだろう。鏡を直視できそうもない。もしかしたらもう僕は、とっくの昔に魔の者に変わり果てているんじゃ——。

「…………！」

僕は縁側から外に下りると、座らせていた咲恵の手を引き、駆けた。

「逃げる？　うん、そうするといい。才がこの夜に僕の悪性に気づいて逃走するのはプロット通り。できることなら推理で僕の『本当』に辿り着いて欲しかったけど、この程度の変更は想定内だ。さあ、行くといい。真の愛に気づき受け入れるには、一度反抗期を経《へ》て離れる必要があるものだ」

六話　神谷雹夏

1

「…………はぁっ……っ……はぁ……！」

　咲恵の手を引き、深夜の道を走る。少しでも距離をとらないと、闇よりも黒々とした泥に身体を飲み込まれてしまいそうな気がした。

　どこまでも逃げたかったが、いずれ鏡の壁に行く手を遮られることになる。それに、

「咲恵……ごめん、ずっと走らせて。疲れたよね」

　咲恵は激しく息を乱し、両手足を痙攣《けいれん》させていた。相変わらず一言も口をきいてはくれないが、限界なのが見て取れる。

　でも、どこに行けばいいのだろう。空き家ならそこらにいくらでもあるから寝床には困らないが、子供二人だけでは不吉な心細さに飲み込まれてしまいそうだった。

全身汗だくなのに、耐えがたい寒さを感じる。

目を上げれば鏡の壁という果てがあるのに、広がっていく暗闇《くらやみ》には果てがない。

世界で一番頼りにしていた存在と決別した。自分で選んだはずなのに、それが怖い、怖い、怖い……！

咲恵のためにも僕は強くならないと――何度もそう決意を重ねてきたはずなのに、自分が子供だという事実は厳然とそこにある。

大人に、頼ってしまいたい。僕は砂漠で水を求めるような切実さで、庇護《ひご》してくれる人を求めていた。

でも、誰に頼れば……この世界のどこに、信頼できる人がいるのだろう。衣緒兄さんの手がどこまで回っているかわかったものじゃ――いや、一人だけいる。

衣緒兄さんになびきそうにない人が。あの人はいつか僕に言ってくれた。

『いかなる局面であっても、君はここに来ていいぞ』

2

「来たか。遅かったじゃないか」

霞夏さんは僕らの来訪を予見していたようだった。友達を家に入れるような気安さで、室内にまで導いてくれる。前見た時はなかった大きなソファに座るよう促し、ローテーブルに湯気の立つココアを置いてくれた。

対面のソファに座り煙草を吸い出した雹夏さんに、僕は聞く。

「僕らが来ると、わかっていたんですか……？」

「わたしはお前をバカだとは思っていない。さすがに今夜くらいには衣緒の邪悪さに気づいて飛び出すだろうとは思っていた。気づかないならそれもいいと思っていたが――まあ、お前は気づくだろうね。何せ、側に咲恵がいる」

雹夏さんは煙草をくわえながら、咲恵のうつろな顔を見る。

「真なる善の前では、悪の虚飾は剝《は》がされる。この子が神谷家にいたことが、衣緒にとっては人生最大の誤算だったのだろうさ。お前には咲恵がいて、ジュリには何もいなかった。同じく衣緒に洗脳されていた二人の明暗を別けたのはそこだ」

「雹夏さん……兄があういう人だと気づいていたんですか⁉」

「当たり前だ。お前がいつ気づくかと思っていたよ。衣緒がここでしてきたことを考えろ。善良な人間があんなことをするものか」

「兄の邪悪さに気づいていたのなら……じゃあ、なんでもっと早く教えてくれなかったんですか！」

「洗脳されている者に真っ向から『お前は洗脳されている』と否定するのは最悪手だと、

大好きな大好きな衣緒兄さんから習わなかったのか？　だいたい、そこまでしてやる義理もない。忘れるな、そして甘えるんじゃない。わたしだって神谷だぞ」

たしかに、言われたところで信じるのは無理だったろう。衣緒兄さんは僕のために仕方なく手を汚しているものと信じ込んでいた。

それでも雹夏さんはいつか、僕が自ら兄さんの邪悪さに気づくと予見していた。だから、言っておいてくれたんだ。『いつでもここに来ていいぞ』と。

雹夏さんは煙草の煙を天井へと吹き上げた。

「ジュリもね、小学生の頃からずっと、衣緒の洗脳を受けていたんだ。いじめを受けてきたあの子は自己否定の過程が自動的にすんでいたからね、洗脳はたやすかったろうさ。孤立、自己否定、劇的な救い、今の肯定、過去の否定。この過程を経れば人は容易に傀儡《かいらい》へと成り下がる。古今を問わず、宗教や軍隊で取り入れられている手法だよ」

「どうして、兄さんはジュリさんにそんなことを……」

「さあな。傀儡をストックしておいて、いつか使い時が来たら使おうとでも思っていたんじゃないか。それが今だったんだろうさ」

雹夏さんは煙草を灰皿へと投げ入れた。

「神谷も恐ろしいものを生み出したものだ。多数派に媚びるのではなく、盤面と人心を操ることで、思い通りに多数派を作り出す――神谷の最高傑作だよ、衣緒は」

対個人。対多数。どちらにおいても、衣緒兄さんは完璧《かんぺき》だ。

「でも、雹夏さんなら衣緒兄さんに勝てるんじゃ……兄さんのもくろみにもちゃんと気づけてますし」

「めざとさならそりゃあ負けないさ。わたしは芸術家だからね。だが残念ながらわたしには多少の情という淀《よど》みがある分、衣緒より遅い。無理無理、あれには勝てる気がしない。というわけで、次の剪定選挙でわたしは殺されるから今から身の振り方を考えておけよ」

言いながら、雹夏さんはローテーブルに便箋《びんせん》を置き、僕の方に滑らせた。

『今夜、弟がそちらにお邪魔すると思います。次の選挙までの一週間、才をよろしくお願いします』

『次の選挙までの一週間』さりげなく記されたこの文言が、どんな呪詛《じゅそ》より恐ろしい。

選挙。兄さんのインパクトが強すぎて忘れていたが、剪定選挙はまだ続く。無斗叔父さんが死んだ以上、もはや兄さんに敵はいない。そもそもあの人に敵などいない。

「兄さんの邪悪さを、皆にひろめましょう……。弟の僕が言えば、きっと信じてもらえるはずです」

「やめておけ、衣緒と競うのは。あれは人間じゃない。わたしはもういいよ。死ぬまでのこの一週間は、遺作を描くことに使おうと思ってる」

ソファに身を投げ出して、壁の一点に視線をそそぐ。そこに貼り付けられているのは、ジュリさんの絵だ。あの日、スペイン坂で見せてもらったジュリさんの舞が、アニメーションのフィルムのように小さな紙に封じ込められていた。

ジュリさんを救えなかったことが、よほどこたえているようだった。

勝負を投げた雹夏さん。けど、諦められない。僕は身の周りの人を、これ以上失いたくない……。

僕はその後、シャワーを浴びて、髪の毛にこびりついた藍さんの血を洗い落とすと、咲恵と同じベッドで眠った。隣のベッドで眠る雹夏さんの寝息を聞きながら、うつろなままの咲恵に話しかける。

「咲恵……お願い、返事をして。僕は一人になりたくなんてないよ、ねえ咲恵……」

3

翌朝、目を覚ました僕は、ベッドの上で寝転んだまま今後すべきことを考えた。

とにかく、次の選挙に向けて票を集めなければいけない。衣緒派よりも大きい、才派を作る。そして、兄さんを選挙で殺害する。

絶望的な戦いかもしれない。それでも、僕にはもうそれしか……。

僕はスラックスにブラだけの格好で寝ている雹夏さんを叩き起こし、車を出してもらうことにした。一人ずつ候補者の家を回り、衣緒兄さんになびかないよう、説得していく。

朝の準備を済ませた僕らは、雹夏さんが出してくれた車（ビートルというレトロな車だった）に乗り、早速勧誘に出発した。最初に向かったのは累さんの家だ。

累さんの父である昭吾さんはほとんど衣緒兄さんに殺されたようなものだ。父親が死んで心細くなった累さんの心の隙間につけ込み、衣緒兄さんは累さんを弄んだ。

僕は車に咲恵と雹夏さんを残し、一人で累さんの家のドアをノックした。

「あれ、才くん。今日は衣緒くんと一緒じゃないの？　珍しいね」

「……うん。そのことについて、少し話があるんだ」

僕は居間のテーブルで累さんと向き合い、兄さんの本性がどんなにどす黒いのかを言葉を尽くして訴えた。あんな奴から離れて僕らのところに来るように説得する。

「衣緒くんが、パパを殺した？」累さんはきょとんとしていた。

「うん。カルテをスパイのリリアさんにわざと盗ませて……それで、無斗叔父さんに昭吾さんの病状がばれたんだよ。信じられないよね、でも本当なんだ。昨日だって――」

兄さんがジュリさんにしたこと、藍さんの顔面を銃で撃ち抜いたこと。全てを伝えていく。

でも、累さんの反応は惚《ぼ》けたように鈍《にぶ》い。怒りも嘆きも浮かんでこない。

「そっかぁ……衣緒くんがパパのこと殺したんだ。そっか、衣緒くんが言ってたことって本当だったんだね。ひどいことするなぁ」

「え？」

累さんは思いがけないことを言った。その言い方だとまるで、衣緒兄さんが父親を殺したことを、すでに知らされていたかのような――。

「衣緒くんがパパ殺したのはひどいって思うよ。でもね、パパはもういいんだ♪」

「は……？」

累さんは固まる僕ににこっと笑いかけると、自身の下腹にそっと両手をあてた。

「累ね、新しい家族ができるんだ！　へへっ、お腹にね、いるんだよ。衣緒くんの子が。ここに来た最初の日にね、衣緒くんにしてもらったんだけど、それから全然生理がこなくて。一昨日《おととい》ね、妊娠検査薬で調べてみたら妊娠してるのがわかったんだ！」

自慢げだった。

「これからは、累もう寂しくないんだ！　パパもママも家族はみーんな死んじゃったけど、新しい家族ができるんだもん！　衣緒くんは累に新しい家族をくれたから、パパのことは忘れてあげることにしたの！」

晴れやかな笑み――心の底から笑っている。

思い描いた明るい未来に目を潰されて、何も、見えなくなっている。

4

昼がすぎる頃には、僕はもう何も考えられなくなっていた。

雹夏さんの家のソファに疲れきった身体を横たえる。頭の横には、もの言わない咲恵を座らせて。

手が痙攣するように震えた。どうしたらいい、僕はここからどうすればいい。どうしたら、この局面を打破できる……？

「そんな青い顔をしている子供は描いてやる気にもならんな。少し飯でも食べろ。咲恵もだ」

雹夏さんが僕らの顔をのぞき込み、袋入りのパンを押しつけてくる。

「ったく、お人形が二つだな……」

雹夏さんは嘆息しつつ出かけていった。バタン、とドアの閉まる音が玄関から聞こえ、部屋に静寂が満ちる。

「咲恵……咲恵」

僕はたまらなくなり、咲恵を胸に抱きしめた。

「怖いよ、怖いんだ……怖くてたまらないんだ」

ただひたすらに怖かった……何が怖いって——この期に及んでまだ衣緒兄さんに守って欲しいと思っている自分が怖い。

安全で絶対的な毛布に包まれたいという願望にはあらがいがたいものがある。

定期的に耳の奥から聞こえてくる。弱い自分の囁き声が。

——咲恵も雹夏も見捨ててしまって、お前は一生衣緒兄さんに庇護してもらえ。

あまりにも魅力的な誘いが僕の心に蛇のように絡みつき、しめつける。

衣緒兄さんは予言していた。僕は必ず兄さんのもとに戻ると。兄さんの言葉はこれまで必ず成就されてきた。まるで未来を知っているかのように。

リアルに想像できてしまう。僕と衣緒兄さんがこの後に仲直りをして関係を修復する様が。元の世界に戻ったら、僕らは二人で地域を治める。かたちばかりは美しい治政の裏でどれだけの人が泣きわめいていようとも、かまいもせずに——

「…………！」

頭を振り、おぞましい自分の未来像を振り払う。

「咲恵……咲恵……お願いだから、お願いだから」

お願いだ、声を聞かせて。君が呼び戻してくれないと、僕はあの兄と同じところまで落ちていってしまいそうになる。

どうか、咲恵。あの花を咲かせるような笑みで、僕を――と。

「………？」

おかしな感触を胸に感じた。薄く固い、厚紙のようなものが咲恵の服の下に仕込まれている。手鏡でも持ち歩いていたのだろうか。今の咲恵にそんな意志が……？

なんだ、いったい。僕は咲恵の内ポケットに手を入れて、それを引っ張り出した。

「これ……」

見覚えのある紙だった。候補者にのみ配られるはずの投票用紙。

僕は慌てて自分のポケットを確認する。すると、そこにも次の選挙の投票用紙が発生していた。たった今、第五回剪定選挙の投票用紙が候補者たちに配られたのだろう。僕のみならず、咲恵にまで投票用紙が配られた。

――どういうことだ……？

咲恵は神谷の血族じゃない。候補者じゃないはずなのに、どうして投票用紙が――いや、混乱するな。物事はシンプルに解釈しろと、以前雹夏さんに忠告されたじゃないか。

咲恵に投票用紙が配られた。投票用紙とはすなわち、神谷の血族であることを証明する証書のようなもの。

だとすると、咲恵は神谷の血縁だということだ。

でも、咲恵はそれを隠していた。おそらく、雪さんからきつく言い含められていたのだろう。これが配られたと知られれば、咲恵も人殺しの選挙に巻き込まれてしまうから。咲恵も、この意味について深くは理解していなかったと思う。

咲恵が神谷の血縁。そう考えると一つ、つじつまの合うことがある。

零斗が殺された、あの密室について。

あの日、牢屋の中で雪さんを殺害した零斗は、その次に咲恵のことも痛めつけようとしたのだろう。

そして、手始めに頬を殴った。候補者の咲恵に危害を加えるという選挙違反を犯した。

零斗は咲恵を傷つけた咎で、超常の力により処刑された。

『投票以外の手段で他の候補者に危害を与えた者は選挙違反者として死刑に処す』

ルールにそうあった。日本国における死刑とは首吊りのことだ。……あの密室は最初から、論理で考える必要もなかったんだ。

雪さんは、咲恵が選挙のルールによって守られていると知っていた。だから、監禁されている時も僕にこう訴えた──『咲恵は大丈夫ですから』

咲恵が神谷の血縁──状況からして間違いない。けど、僕との続柄はなんだ?

まず、雪さんが神谷の血族じゃないのはたしかだ。雪さんが候補者なら、零斗は雪さんを最初に傷つけた時点で選挙違反者として処刑されていたはずだから。

なら、咲恵の父親の方が神谷の血族なのだろう──誰だ。雪さんは神谷の誰との間に咲恵を作った。

『――奥様を亡くされたばかりの時は寂しがって、人を求めておいでででしたよ』

雪さんは以前、父さんが妻を亡くしたばかりの時の様子を語っていた。だが、改めて考えるとこれはおかしい。

僕のお母様が死んでしまったのは、僕を産んで間もなくのこと。雪さんが神谷本邸に住み込みのお手伝いとして雇われたのは咲恵が一歳くらいの頃と聞いている。

僕と咲恵は一歳差だから、雪さんが神谷本邸に雇われたのは僕のお母様が死んで二年後ということになる。なのにその雪さんが、どうして妻を『亡くしたばかり』の父さんの様子を知っているはずがある。

雇われる前から、父さんと面識があったということなんじゃないのか？

『人を求めておいででしたよ』この言葉に込められた意味はなんだ。父さんが雪さんを求めたということか？　もしもそうなら、咲恵は雪さんと、そして神谷宇斗との娘ということになる。

つまり咲恵は――――僕の母親違いの、妹……？

「…………っ」胸が高鳴る。

咲恵が本当に僕の妹かもしれない。でも、まだたしかではない。

何か、決め手はないか。もっと、雪さんがメッセージを残してくれていないだろうか。

雪さんは言葉の端々《はしばし》に、たくさんの意味を込めていた。だから、何か、もっと――。

『あの公園にピクニックに』『うろ』

二つの言葉が頭の中でつながる。

そうだよ、虚といえばあそこだ。僕は幼い頃、公園の欅の木に宝物を隠していた。失われたはずのあの公園の木の虚に。

僕は咲恵の手を引き、公園へと向かった。

5

公園の入り口から続く並木道。その七番目の木の虚に、僕は幼い頃に宝物を隠していた。宝物を手元から離し、渋谷のあちこちに隠すのが、僕の趣味のようなものだった。

ここに隠した宝物は、とある雑誌に掲載された父さんとのツーショットだ。幼い僕と父さんが手をつないで歩いているあの写真を、僕は切り抜いてファイルに挟み、ここに入れていた。ここにあるのがふさわしいと思ったから。

あの時は、背伸びをしないと虚まで手が届かなかったが、今はたやすく覗き込むことができる。

少し湿った穴の中には、昔隠したはずの宝物はない。さすがに、そこまで復活するわけではないらしい。けれど――血族だけに配られる投票用紙が三枚、そこには隠されていた。おそらく、これまで咲恵が投票しなかった分だろう。

何か、何か記されていないだろうか。僕は投票用紙をひっくり返す――そこには。

〝私の娘、雨白咲恵の本当の名前は、神谷才縁《さえ》と申します〟
〝才縁は自分の本当の名前を知りません。どうか、才様の口から伝えてやって下さい〟

「…………!」ああ、やはり。

咲恵は――いや、『才縁』は僕の妹だ。記された本当の名前が、それを証明している。
そうだ、そういうことだ。雪さんは生まれた娘に兄である僕との縁を願って『才縁』と、そう名をつけたんだ。漢字は違っても願いは残る。

『――才様とのご縁があれば、咲恵はいつまでも、きっと幸せでございます。そう願っています』

〝十年前。水商売に精を出していた私は、神谷家の財を欲し、奥様を亡くしたばかりの宇斗様の寂しさにつけ込みました。子供を作って認知させれば、莫大《ばくだい》なお金が手に入るともくろんでのことです。本妻にするように、宇斗様に詰め寄ったこともございます〟
〝ですが、生まれてきた娘の笑顔を見た途端、私は自分がどれほどあさましい考えに取り憑《つ》かれていたのかを知りました。財も名誉も、子供の笑顔の前では無価値なもの。私は咲恵と二人で生きていこうと宇斗様から離れることを決意しました〟

〝宇斗様はそんな私を、お屋敷に招いて下さいました。認知はしないし再婚もしない。しかし、才様の面倒を見るのなら、ここにいてもいい。そのように、おっしゃってくださいました。その日から、私の二児の母としての生活が始まりました〟


もう間違いはなかった。雨白咲恵は――『神谷才縁』は、

「僕の、本当の妹だ……！」

血のつながりが発覚したところで何ということはない。元から咲恵は僕の妹のような存在だ。

でも、一番大事なものと血がつながっているという事実が、よすがとなってふわふわとしていた僕の足を地につけてくれた。そんな気がした。

それに、咲恵と対等な関係で向き合えるのが嬉しかった。咲恵は僕に遠慮しているところがあったから。

仕える僕に負担をかけてはいけないと、僕の前では悲しみを隠していた。

今もそうだ。お母さんの死を目の当たりにした悲しみを決して外に向けようとせず、内側にこらえ続けたせいで、何も言えなくなっている。

でも、もうそんな必要はない。僕は咲恵の主人じゃない、兄だ。対等な関係だ。妹は兄の前で泣くものだ。

僕は咲恵の顔をのぞき込み、静かに言う。

「もう悲しみを隠す必要はないよ……咲恵。一人でこらえて辛かったよね。そんなに悲しいのに、咲恵は自分だけで悲しみと向き合おうとしていたんだよね。いつだって咲恵は僕のために悲しいことを隠すんだ。ずっと、ずっと。お手伝いと主人の関係だからって、遠慮していたんだよね。雪さんも咲恵も、自分のことは二の次だから」

でもね、と僕は続ける。

「我慢はもういいんだよ。ねえ、信じられないかもしれないけど、咲恵は僕の本当の妹なんだ。咲恵の本当の名前はこう書くんだよ。ほら、僕との縁だって。才縁《さえ》と僕は生まれたその時からずっとつながっていたんだよ！」

『神谷才縁』――その名が記された投票用紙をぎゅっと握りしめる。

「正直ね、僕は嬉しくて嬉しくてたまらないんだ。ああ、これで咲恵と一生一緒にいることができるって！　これから毎日、堂々と咲恵と一緒に遊びにいくことができるって」

咲恵の頬を両手で包む。

「雪さんは僕のことも、本当の息子みたいに思ってるって、そう言ってくれたんだ。僕も、雪さんのことを本当の母親のように思ってる。だから、咲恵の悲しみは理解できるつもりだよ……苦しくて苦しくて、胸をかきむしりたい。許せない、雪さんの最期を想像するだけで、叫び声をあげたくなる……こんな深い悲しみは、絶対に一人でこらえていちゃダメだ！」

三枚目の投票用紙の裏側には、こう記されていた。

〝私の二人の子供が幸せであることを、心から願っております〟

僕らは幸せにならなくてはならない。二人で、お互いの悲しみを消さなくてはいけない。

「咲恵、もうこらえなくていい。妹は兄の前で泣くものだ。だから、泣いていいんだよ。どうか僕に、お兄ちゃんに、君の悲しみを全部教えて！　僕は、妹の涙を拭いてあげたいんだ……！　悲しみを乗り越えて、僕らは二人で幸せにならなきゃいけないんだよ‼」

妹を抱きしめて、叫ぶ。雪さんが遺《のこ》してくれた縁という名の糸が、咲恵の心につながっているようにと願う。

お願いだから、もう一度だけ僕にチャンスを与えて欲しかった。妹を守る頼もしい兄になるチャンスを。

僕は子供だ、大人にはなれない。僕は未熟だ、政治家にはほど遠い。

でも、一人の兄として咲恵のことを守りたい。ただ、それだけが僕の全てだ。

届け届けとそう願う——と。

ひっぐっ……、としゃくりあげるような声が聞こえた。抱きしめていた咲恵の身体が震える。

「才、様……」久しぶりに聞いた妹の声は、少しかすれていた。

「才様じゃないよ。兄妹《きょうだい》なんだから、もっと別の呼び方があるだろ?」

「お……お兄、ちゃん……」

「うん、そうだ」

「お兄、ちゃん……お兄ちゃんお兄ちゃんお兄ちゃん、お兄ちゃん……!」

咲恵の身体の震えが増していく。

「うわぁあああああ……! お母様、たくさんたくさん殴られて刺されて、でも、でも、咲恵のこと放しませんでした! 抱きしめて守ってくれて、絶対に放さないで……! お母様お母様お母様、わぁああああああ……!」

叫ぶように咲恵は泣く。いつまでもいつまでも——慟哭は尽きることはない。決壊したダムのようだった。

僕の胸に顔を埋め、自分は苦しいんだ、助けて、慰めて——兄の僕にわがままに訴える。子供なんだから、最初からそうすればよかったんだ。

咲恵の涙の熱が、僕の胸に浸透していく。じんわりと、深いところにまで熱は届く。

咲恵を抱きしめながら、僕は雪さんの最期を思う。

雪さんは、本当は殺される必要なんてなかった。零斗がもし一発でも先に咲恵の方を殴っていたら、その瞬間に零斗は選挙違反者として死んでいたはずだ。一発だけ、先に咲恵を殴らせればよかった。でも、雪さんは断じてそれは許せなかった。たとえ自分が殺されようと、娘には指一本触れさせない——非合理の権化のような決意。合理を極めていこうとする者には決して、この尊さに気づくことはできないだろう。

僕は雪さんのようになりたい。目標がはっきりと定まった。行くべき道が、ようやく見えた。

僕はこれまでの弱さも罪も決して切り捨てずに成長したい。そうして妹を守り切れるだけの力を持った『俺』になる。そしていつか雪さんのような大人へと変わってみせる。

『俺』の成長の道は、決して神谷衣緒につながってなどいない。

咲恵と二人で幸福な道を歩むんだ。

そうして泣いて泣いて疲れ切り、眠ってしまった咲恵をおぶって、俺は雹夏さんのマンションまでの帰路を歩いていた。その時。

——雨……？

さらさらと雨が通り過ぎていく。空には雲一つない、天気雨だ。

驚いて足を止めてしまった。時が止まったようなこの世界の中では、雨なんて降らず、同じような日々が続くばかりだと思っていたのだが——と。

「咲恵、起きて」俺は背中の妹に呼びかける。

「……どうしたんですか、お兄ちゃ……」

「ほら空、虹！」

鮮やかな七色の虹が、空に橋をかけていた。

咲恵の本当の名前を見つけた俺たちのことを、祝福してくれているような気がした。

惚けたように見上げてしまう。いつまでも見てしまう。

その時、天気雨の一粒が、俺の瞳にぽつりと落ちて——。

＊＊

『延命措置など一切不要。管を抜け。心臓マッサージをするな。それはもう、生きたところで神谷の義務は果たせない』

『いいんですか……だって、この方、あなたの……』

『どんな続柄だろうと、特別扱いする理由にはならん。神谷において、人は等しく一票だ

──妻であろうと切り捨てる』
医療費を浪費するだけの無駄な命は断ち切らなくてはならない。神谷の人間が、挿管されて物言えぬまま生きるなど、決してあってはならないことだ。

＊＊

『わたしたちが何十年、ここで商売やってきたか知っていますか⁉　こんな紙切れ一枚で出ていけなんて……！　納得できると思います⁉』

『ここら一帯の都市改革は、市民の総意によって決まったものだ。裁判所の令状はとってある。立ち退き料を受け取って、速やかに出ていけ。以上だ』

『立ち退き料なんて微々たるものでしょう……わたしたち商売人には年金だってほとんど出ないんですよ！　老後、どうしろってんですか⁉』

『区民各々の身の振り方にまで、私は関与できない。誰であろうと特別扱いはしない。それほど元気に動けるのなら、渋谷では生活保護の申請も許可しない』

『悪魔かよあんたぁ……‼』

渋谷の都市改革は神谷の義務だ。在住何十年の古参だろうと、改革の邪魔になるのなら、別の土地に追いやるのみだ。

＊＊

『どうか、どうかご再考下さいまし……才様も才縁も、あの公園を気に入って、毎日のように通っております。あそこを、道路にしてしまうだなんて』

『道路を通せば朝の渋滞は改善される。シミュレーションがそれを実証している。才と才縁には、そろそろ外遊びを止めるように言っておけ。政治家の子息は誘拐のリスクが高い』

『……そんな話は、今しておりません。私はただ、あの公園を……才様はあなた様と手をつないで歩いた日のことを、大切な思い出に——』

『そのような親愛は、政治家には無用なものだ』

『……宇斗様の、わからずや』

全ての選挙に勝利して、長きにわたり議席を守るためには、徹底して多数に媚びていかなくてはならない。

議席を守り続ければいつか、理想の民主主義の姿を導き出せる。

その日を迎えるために、私は選択するだけの機械となろう。

人の心を持ったままでは神谷の義務は果たせない。感情など、あるだけ無駄だ。

＊＊

「——お兄様？　ねえ、お兄様。どうしたのですか？」

背中の咲恵に呼びかけられて、俺はハッと我に返る。

「ごめん……ちょっと感動していたんだ。あんなに綺麗な虹は初めて見たよ」

適当にごまかす。今の体験は、言葉で説明できるようなものでもない。夢、だろうか。

それにしては、あまりにも明晰《めいせき》な——いや、考えるのは後にしよう。

雨はすでに止んでいたので、俺は歩みを再開することにした。

甘えているのか、咲恵は俺の背中から下りようとしない。重いけど、それが嬉しい。

「お兄ちゃん、お兄様、兄様、兄さん。どうお呼びするか悩んでしまいます……咲恵は『お兄様』がいいと思うのですが」

「俺はお兄ちゃんて呼ばれたいなあ」

「？　お兄様、ご自分の一人称を『俺』に変えたのですか？」

「何も変わってないよ、これから変わろうとしているだけだから」

咲恵と話しているうちに落ち着いてきた。つい先ほど見たものについて、客観的に考えることができるようになっている。

あれがもし仮に、あの人の記憶だとしたら、この世界は——。

七話　鏡心探索

1

「剪定選挙ではない方法で、俺たちはこの世界から脱出することができるかもしれません」


公園から咲恵を連れて帰り、雹夏さんの家でたっぷり眠った翌朝。俺はそう宣言した。

対面のソファで足を組んで座る雹夏さんは、煙草をふかしながらうさんくさそうに目を眇める。

「昨日まで咲恵を抱いてプルプル震えていたくせに、なんだお前は急に偉そうに。咲恵も咲恵だ。お前ら兄妹は、迷惑をかけくさったわたしにまず謝罪すべきなんじゃないのか？」

俺たちに関する事情を知っても、雹夏さんは特に驚いた様子もなかった。「まあ、政治家の家だからそういうこともあるだろうね」と淡々と流し、テンションはいつものまま気だるげだ。

「雹夏さん、その節は本当にご迷惑をおかけして申し訳ございません。心より謝罪すると共に、有識者から成る調査委員会を早急に設置の上、原因究明につとめたいと――」

「実体のない調査委員会を設置してほとぼりが冷めるのを待つのは政治家の悪い癖だな。早急にはっ倒すぞクソガキ」

俺の国会ジョークに、苛立《いらだ》つように煙草を噛む雹夏さん。それでも、出ていけと言わないあたりが彼女らしい。

敵の首魁の弟である俺を、あっさり受け入れてしまうだなんて。冷静になってみると、どれほどこの人がお人好《ひとよ》しなのかよくわかる。

「雹夏さん、ご迷惑をかけたお詫《わ》びに、後でたっぷり絵のモデルになりますから、これからの俺の計画について話だけでも聞いていただけませんか？」

「さ、咲恵も……！　咲恵も雹夏様のご創作のためにモデルをつとめますので、どうか……」

頰を染めながらおずおずとポーズを決めていく咲恵。雹夏さんは毒気を抜かれたように嘆息した。

「よろしい。後でたっぷり八時間お前らを描かせてもらうからな。兄妹の背徳的な絡みというモチーフも新境地として悪くない。それで、剪定選挙以外での脱出方法とは何だ。道筋は立っているのか。まさか政治家お得意の空手形ではなかろうね」

ぎろりと睨んでくるがもはや全然怖くない。俺は雹夏さんに、改めて言う。

「そもそもの話なのですが――クロノス世界からの脱出において、実はミッションクリアというのは必須《ひっす》ではないんです」

「あん……？　おいこら、いきなり前提を覆すんじゃない。剪定選挙で全員殺らなきゃダメだと世界が言うからわたしたちはこんなことになっているんだろうが」

「たしかに、ミッションクリアこそがクロノス世界からの脱出の正攻法ではあります。でも、それ以外の方法で脱出に成功した人たちも実際にいるんです」

一九八八年にソ連で起こった、クロノス世界を巡る一連の顚末《てんまつ》、通称バラシハ事件。鏡の世界に迷い込んだのは、とある母子だ。

彼らに提示されたミッションは『宝探し』で、迷宮化した家の地下から何らかの宝物を見つけ出せ、と世界から命令を受けた。

宝探し。クロノス世界で課されるミッションとしてはオーソドックスな部類だ。だけど彼らは、結局そのミッションをクリアすることができなかった。脱出に向かう気力すら失ってしまった彼らは、そのままクロノス世界で数十年にも及ぶ生活を送り――。

「やがて世界は崩壊し、一人だけが脱出に成功しました。ミッションをクリアできないままに」

元の世界に戻ってきた彼は、インタビューでこう語った――『母親が死んだ途端に、世界が崩壊をはじめた』

「どうして、母親が死んだ途端に世界が終わる?」

「おそらく、母親が世界の主体である『犯人』だった。それが、オカルトの界隈では定説となっているみたいです」

クロノス世界は人々の思いから成る世界だと言われている。誰かの『こうしたい』という強い願いに粒子が反応し、別の世界線に鏡の異界を創り上げてしまうのだとか。

強い願いを抱いた世界の柱、それが『犯人』だ。

「とんだ後出しじゃんけんじゃないか。お前、それを知っていたのならどうして先に――」彼女はそこで納得したように言葉を切った。「まあ、言えるわけない、か。わたしたちは『神谷』だからな」

俺は図書館で資料を集めたあの日に、『犯人』という概念を知ったが、それを口に出すわけにはいかなかった。

もしもこの仕組みを神谷の全員に知られていた場合、殺し合いの凄惨さはこれまでの比ではなかっただろう。

「つまりお前が目指す脱出方法とは犯人捜し。そして犯人の目星はすでについている。そう言いたいんだな？　誰だ？」
「……まだ、確証はないんです。調査、しないといけませんから」
「政治家が約束した調査は永遠に終わることはないと相場が決まっているんだが？」
「いえ……この調査は今日中に終わります。犯人は、もうほとんどわかっているんです」

2

その後、俺たちは雹夏さんに車を出してもらい、町を巡ってもらった。雹夏さんが愛車にしているビートルに乗り、まず最初に向かったのは公園だ。神泉のこの公園で、昨日俺は咲恵との関係性を取り戻した。この公園の存在自体が、俺の論理を補強する鍵となるかもしれない。

家電量販店からとってきておいたポラロイドカメラで、園内の光景を撮影する。次に行ってもらったのは円山町《まるやまちょう》にある商店街。ここも撮影しておく。

小児科。渋谷区のバス停、駐輪場、外国人の職業訓練所、そして渋谷と道玄坂の境に建つ古いビル——それぞれの場所に停車してもらい、写真を撮る。

「オ、さっきからあちこち行かせてなんだお前は。ドライブをしたいなら他をあたれ」

文句を言う雹夏さんをよそに考えを深めていく。やはり、この渋谷は——。

「咲恵、雹夏さん。不思議だと思いませんか」

「ん?」

「鏡の中のこの渋谷って、本来の渋谷と少し違いますよね」

　この世界のベースとなっているのは、僕らが生きる二〇一二年の現実の渋谷だ。渋谷区の神泉、円山町、道玄坂、渋谷あたりの様相がほぼ正確にトレースされている。

　けれど、ところどころに本来の渋谷とは異なっている場所がある。もうすでに失われたはずの施設が復活していたり、現実では建設が実現しなかったビルが建っていたり。

「そう言われればたしかにそんな気もするが。つまり、今お前に回らされた施設は――」

「現実の渋谷ではなくなってしまった場所ばかりです」

　写真を広げる。公園も小児科の個人病院もバス停も現実にはすでにない。外国人職業訓練施設に至っては神谷の鶴の一声により建設すらされなかったが、この世界では完成している。

「だが、この世界で復活した施設にはどんな共通項がある。外観に似た部分はないし、現実でこれらが失われた時期も別じゃなかったか?」

　たしかにそうだ。一見すると復活したそれらにわかりやすい共通項などない。施設の種類がそもそも違うし、公園が失われたのは二〇一一年、小児科がなくなったのは二〇〇七年。完全に別だ。

だが復活したこれらには、本家の俺にだけ気づける共通項がある。

「これらは全て、神谷家当主である神谷宇斗が取りつぶしにした施設です」

渋谷の長たる神谷家には都市計画に口を出す権利すらある。そもそも主要な土地や不動産はうちでおさえてある。借地権を主張されても、神谷が本気になれば関係ない。

「お父様が壊したものだけが復活している……どうして、ですか？」

疑問の声をあげた咲恵に対し、俺は言う。

「父さんは――この世界の主体である父さんは、自分の世界の中で後悔を払拭《ふっしょく》しようと思っていたんじゃないかな」

本当は、住人を立ち退かせたくなんてなかった。本当は、小児科を取りつぶしにしたくなんてなかった。父さんの望んだ渋谷のＩＦがこの世界なのではないだろうか。

父さんこそが世界の主体であると俺が信じる理由は、もう一つあった。昨日の雨だ。

雨粒が瞳にあたった瞬間、俺は夢の中で神谷宇斗――父さんになっていた。

妻の延命措置を中止させ、立ち退きに抗う市民を強制的に退去させ、息子との思い出の公園を道路に変えてなくしてしまう。

残酷だ。冷徹だ。まるでＳＦに出てくるＡＩだ。けれどその内側は、どうしようもないほどに、人間のままだった。

泣いていた。傷ついていた。自分で発した激しい熱に、心が火傷《やけど》を負っていた。

一時的に『父さん』になっていた俺は、あの人の内の痛みを知ってしまった。

あの雨は、こぼれ落ちた父さんの涙なのだと解釈していた。そう、信じていた。

父さんは、きっと不出来な神谷だったんだろう。情愛を持って生まれてしまったせいで、毎日責務と情の狭間で苦しみ続け、とうとう限界を迎えたのではないだろうか。

心の奥から、父さんの嘆きが聞こえてくるようだった。


〝私は人を切り捨てたくはない。神谷はあまりに傲慢だ。

選挙がなんだ、神谷など壊れてしまえ。

切り刻まれる痛みを忘れた人間は、もはや人間とは呼べないだろう〟


爆発した思いはクロノス世界という形をとって、その親族を鏡の中に閉じ込めた。

自分が殺した渋谷を復活させて、神谷には剪定選挙という罰を与えた。

きっと、そういうことなのだと思う。

3

「お前らの親父がこの世界の主体？　いや、それはおかしいだろ」雹夏さんが俺の論に異を唱える。「お前らの親父、神谷宇斗は最初に死んだだろうが。なら、あの時点で世界そのものが崩壊していなくてはおかしいんじゃないか」

「たしかにその通りです。でも、雹夏さん。父さんは、本当に死亡しているんでしょうか？」

「どうした才、ショックでおかしくなったのか。初っぱなに松の木にぶら下がっていたのは誰だったのか忘れたか？」

「たしかに父さんの死体は発見されました。でも、今考えると、あれが本当に父さんなのか、俺には確証がもてないんです」

首を締め上げられて表情はデフォルメされたみたいに変貌してしまっていたし、両目に枝を突き立てられて眼球はひしゃげていた。

「それにいつ何時でも父さんに付き従っていた秘書……加藤光喜さんがこの世界にいないことにずっと違和感があったんです」

影のように父さんと結びついたあの人が、この世界に招かれていないなどあり得るのだろうか。

「……つまりお前はこう言いたいのか。死んだのは当主の宇斗ではなく、加藤だと」

「神谷家にとっての秘書って、そういう存在でしょう？」

「まあ……たしかに政治家にとっての秘書など、トカゲの尻尾《しっぽ》、あるいは影武者といったところではあるが」

それが加藤さん自らの意思だったのか、父さんが手をかけたのか、どちらなのかはわからない。とにもかくにも、俺たちは――。

「俺たちは一にも二にも、父さんを捜すべきだと思うんです」

そこに、世界からの脱出を巡る答えがある。見つけ出した後、何が起こるのかはまだわからない。でも、それを果たさなくてはここから先に進めない。

「宇斗は何者かに隠されたのか、あるいは自ら望んで天岩戸《あまのいわと》に閉じこもったのか。いずれにしろ父親捜しの物語だな、これは。いよいよ神話らしくなってきたじゃないか。おもしろい、探索にのってやる。で、居場所にあてはあるのか」

「……いや、それは。今のところは、なんとも」

しどろもどろになってしまった俺に、雹夏さんは嘆息した。

そんな俺たちをよそに、咲恵は空を見上げながら言う。

「ご当主様が咲恵のお父様だと言われても、まだ実感がわいてこないのですが……またお会いできたら、咲恵のことを、その……だっこしてくださったり、頭を撫でたりしてくださるでしょうか？」

「父さんから頭を撫でてもらう、か……かなりの難関だね。この世界から脱出するより難しいかもしれない。よし、じゃあそれを目標にしよう。父さんを見つけ出して、咲恵の頭を撫でてもらおう。そのために、俺たちは父さんを見つけよう。ついでに、この世界からも脱出する」

「脱出はついでか！」

雹夏さんに頭にチョップを落とされた俺を見て、咲恵は笑った。

ああ、いいな、と思う。こんなに絶望的な状況でも人、大好きな人たちと一緒にいるのは楽しい。

大丈夫だ、俺たちは必ず元の世界に帰れるはずだ。俺も咲恵も、雹夏さんも。それに、どこかに隠れている父さんも。

案外、父さんを見つけた途端に、あっさりクロノス世界は終わってしまうかも。

4

父さんを捜す。目標が定まったところで、早速探索をはじめたかったが――雹夏さんは「少し、寄りたいところがある」と、車を出して街中の総合病院へと向かった。

病院二階の個室では、ジュリさんが今も眠り続けていた。

衣緒兄さんはジュリさんの処置をまだ続けているようで、包帯は新しいものに替えられていたし、点滴や痰《たん》を吸い取る装置も稼働したままだ。……兄さんにとって、これ以上ジユリさんを生かすメリットはどこにあるのだろうか。

「髪を洗う、その後身体も拭くぞ。床ずれができては大変だからな。お前らも手伝え」

「ジュリ様、御髪を洗わせていただきますね」

咲恵は洗面器にためたお湯にジュリさんの長い髪をひたし、優しく洗って、トリートメントを塗り込んでいく。

俺はジュリさんの身体を動かしたり起こす手伝いをする。意識のない人の身体は重心が定まっていないのでとても重く感じられ、膝に手をついて息を乱すほどに大変だった。

「……雹夏さんは、こんなに大変なことを一人でやっていたんですね」悲しくなってきた。「ジュリさんのことを、それほどまでに大切に……」

「なぁに、美しいものを保ちたいだけだよ、わたしは。それに罪滅ぼしでもある。美しくないことをしてしまったからね」

「美しくないこと？」

聞くと、雹夏さんは自嘲《じちょう》するように笑った。

「わたしはね、基本的には見捨てる者だ。破滅の道へと歩んでいる者を見つけても、いちいち止めたりしない。それはいいんだ、わたしの美学に反しない。むしろ、救う力もないのに手を差し伸《の》べる方が愚かだとさえ思っている。救いもしないが煽りもしない、無干渉こそがわたしの生き方だったはずなんだ」

だが、と雹夏さん。

「わたしはこの世界で、ジュリを破滅の道へと焚きつけた。本来候補者ではないこの子は、選挙とは離れた場所で安穏と過ごしていればよかった。切符を、手にしてさえいなければ」

雹夏さんは憎々しげに、枕元に飾られたままの螺旋の絵を――投票用紙を睨む。

「わたしには、予想できたはずだ。こんな一途な子が愛する悪魔のもとにはせ参じれば、どこに向かってしまうのか。なのにわたしは渡したんだ、投票用紙を。自分の身の安全を保証させるために。堕落だな。美しい今に殉ずるべき芸術家が、命惜しさに醜い未来を選ぶなど。引き替えに、刹那《せつな》を生きるこの子が枯れた」

淡々とした口調だが、シーツを握りしめる手は泣くように震えていた。

「言っておくが、お前と咲恵を受け入れたのは堕落した自分への罰のようなものでしかない。わたしは自己保身に走った醜い自分を野放しにしておくことが許せなかっただけだ」

露悪的な言い方をする雹夏さん。でも、自分を罰するためとはいえ、子供二人を無償で受け入れる大人なんて、そんなの、ただの――。

――情を切り捨てられない不出来な神谷がここにも一人。

自分の内面を切り捨てて冷淡になってしまえば、何も苦しまなくてすむのに、この人たちはそれをしない。選べない。

「――ジュリさんは、泣いていたんじゃないですか？」

「ん……？」

俺は安らかに眠るジュリさんの頬に目をやる。眠る姿は静かだが、ジュリさんは感情の起伏の激しい人だ。投票権が自分にないと知った時、衣緒兄さんの助けになれないことを嘆いて泣いていたはずだ。

「雹夏さんはただ、ジュリさんの涙を消してあげたかった。だから、投票用紙を渡したんです。小さな子をあやすために、大人がぬいぐるみを渡すみたいに――ただ、それだけだったのだと思います」

俺と咲恵を受け入れてしまった雹夏さんのお人好しは度を越している。そんな彼女がジュリさんを破滅の道へと追いやるなどありえないと確信できる。

「ジュリさんの涙を塗りつぶした雹夏さんの行いが醜いなんて、俺は思いません」

雹夏さんと走り、バレエを踊っていたジュリさん。幸福そうだった。雹夏さんが打算だけでジュリさんの側にいたのなら、あれほどまでに懐くだろうか。ありえない、絶対に。二人の関係性の中には、美しいものがちゃんとあった。

そう言って雹夏さんの瞳を見つめ続ける。すると彼女は静かに息をはき、笑った。

「言い方一つでよくもまあ。君もなかなかストーリーテラーの才能があるじゃないか。言われてみれば、たしかにあの時ジュリは泣いていたな」

雹夏さんはジュリさんの目元から頬へと手を滑らせる。かつて涙が通った道をなぞる。

「しかし、投票に参加したくて泣きわめくなんて殊勝《しゅしょう》なものだな、ジュリは。最近の選挙に行かない若者に見せてやりたい」

選挙——それが俺ら神谷家のあらゆるものを狂わせている。

「お兄様、雹夏さん。選挙って……そこまでして勝たなきゃいけないものなのですか。神谷の方々ぐらいに命をかけなければ、勝てないものなのですか？」

咲恵がこの手の話題に興味を示すのは珍しい。自分も神谷家の一員であることを知ったことで、何か心情に変化があったのかもしれない。

「まあ、ただ選挙で勝つだけならば、そこまでやらずとも勝てるだろうさ。だが、未来永劫《えいごう》民主主義の中で栄えたいというなら話は別だ。本来は王を廃するための政治制度の中で、何代にもわたたって絶対王政を築こうというのだからね」

雹夏さんは薄い毛布の上で指を動かし、文字を書く。

「現在の『現』という字は、『王』を『見』ると書くだろう。王はその時々の民に、常に見張られている。瑕疵《かし》があればすぐに見抜かれて追い落とされる。だから王は、徹底に徹底を重ね、やりすぎるくらいでちょうどいい——才、お前は神谷のやり方が、根本から間違っていると思うか？」

「……いえ」

この世界で俺は、父さんの真意を断片的に読み取った。

本当は優しい父さんが、あれほど残酷に振る舞ったのは、そうしなきゃ何一つ変えることができないからだ。

『多数派ばかりを優遇するのは間違いだ。やはり少数派の意見も尊重していかないと』

そんな理想に生きれば悪いことをしなくてすむが、かわりに良《い》いこともできない。

それに、すでに人を殺してしまった俺が、青い夢を見るのは間違っている。

「多数決の原理の中では、多数派を優先するしかありません。そこは、政治家として譲ってはいけないのだと思います。政治家で、ありたいのなら」

「お兄様……？」

咲恵はちょっと泣きそうな表情で、俺の顔を覗き込んでくる。

「でも、だからといって開き直ってしまうのも違う。そこも、譲ってはいけない。大事なのは、案配だと思うんです」

多数決の原理に身を置きながら、醜くなりすぎないこと。行きすぎないこと。大切なのはそれだ。

——でも、それこそが難しい。

義務感に駆られ、熱暴走を起こしてしまった人間は、自分で自分にブレーキをかけることができなくなってしまうから。徹底しようとすれば行き着くところは原理主義。

「何かを変えていきながら、『自分』を変えずに保つのって、きっと難しいんでしょうね。為政者は、特に」

言うと、雹夏さんは深々と頷いた。

「古来、王冠は人を狂わせてきたものだ。戴冠《たいかん》前は理想的な王になるであろうと目された人物も、冠を一度かぶれば圧制者へと成り下がる。ある時期に偉大な王とされた人物も、時を経れば愚劣なお飾りへと早変わり。生きて変化を続けた者は、必ずどこかで大衆から失望される。変化は常に人を苛み、失望を振りまくものだ。だから、美しいものを『今』に閉じ込めてしまうため、わたしは芸術家をやっているんだよ」

雹夏さんは言いながら、病室に置かれたままのキャンバスの前に座り、絵筆を運び始める。薄化粧を施されたジュリさんの儚げな美貌《びぼう》を、絵に封じ込めていく——と。

「咲恵、どうしたの？」

咲恵はジュリさんのベッドサイドのスツールに座り、真剣な表情で腕を組んでいた。

「これまでは、咲恵は政治のことなんて考える必要はないと思っていました。咲恵はお手伝いにすぎないので、お兄様の生活面をお支えできればそれでいい、って。でも、兄妹ならそうはいきません。咲恵は、もっと近くから才兄様のことをお支えしたいんです。政治の世界の中で、お兄様を決して一人にしたくはありません」

自分も政治の道を行く——声には決意が漲《みなぎ》っていた。

俺を気遣っているのかと思ったが、これは紛れもなく咲恵自身の意志だった。

本音を言えば、政治の道を行くなんてやめて欲しい。その道はあまりに過酷で、気の休まる時はない。妹には、もっと暢気に遊んでいて欲しい。

でも、完全に止めるのは無理だろう。咲恵だって神谷なのだから。一度目標を定めた神谷はそこに向かってぐんぐんと突き進む。

なら、兄の俺にできることは一つだけだ。咲恵が脇道に迷い込んだりしないよう、しっかりと見てあげる。咲恵にも俺を見てもらう。父さんにも俺たち二人を見てもらい、俺たちも父さんが間違っていると思った時は意見する。

互いに互いを見つめ合う。多分、それこそが家族なのだと思う。なれるだろうか、俺たちも。本当の家族に。

まあ、先のことを考えてばかりでは、足をすくわれる。今はとにかく、この世界からの脱出方法をいち早く探し出さないと。

5

翌日も、俺たちは町の様々な箇所を雹夏さんの車でめぐり、実際の渋谷とこの世界にどれほどの差異があるのかをつぶさに調べることにした。

まず郵便局や配達所の事務所の棚から町の詳細な地図冊子『ゼンリン』を手に入れ、そこに描かれている本来の渋谷の姿と、この渋谷との差異を探し出し、地図上にマッピングする。

現実との差異を見つけるたびに、一つ一つそこを調べてみるが——父さんが隠されていそうな様子はない。

地図上のマッピングにも、特に法則性は見当たらない。それぞれの箇所を星座のようにつないでみたが、特異な形が現れるということもなかった。

「ミステリ小説みたいにはいかないものだな。世界を作るならもう少し遊び心を持つべきだろう。君らの父さんは美意識が低くて困る。ノベルスの新本格でも読んで思わせぶりで過剰な見立てを勉強しろと言っておけ」雹夏さんは運転席のシートに背をもたれさせ、わけのわからないことを語っている。よほど疲れているようだ。

しかし、全てが徒労に終わったというわけではない。一日かけて町をめぐったおかげで、この町を取り囲む壁の全形が浮かび上がってきた。

壁の形は想定していた通りの楕円形だ。渋谷区の神泉から渋谷あたりが鏡によって縦に囲われている。

雹夏さんがフリーハンドで描いてくれた楕円の中に、あらためて実際の渋谷と差異があった場所をマッピングしてみる。

すると、楕円の中は斑点だらけになった。これは——。

「たくさんの斑点が描かれた楕円……こういうの、どこかで見た気が」

「どこもなにも、あれだあれ。投票所の中に飾ってある鏡とほぼ同じ模様だな」

そうだ、投票所の中に飾られてある楕円形の鏡。あれの鏡面には血飛沫《ちしぶき》のような赤い斑点が幾多と描かれていた。

「あの鏡なら描いてあるぞ。ほれ」

雹夏さんはスケッチブックをぱらぱらとめくり、鏡の模写《もしゃ》を見せてくれた。この世界の地図と比較してみる。

「…………！」やはり、全景も斑点の場所もほとんど重なっている。

あの鏡は、この世界の縮図だったということか？　赤い斑点はこの世界における着目点——父さんが取り戻したかった場所、ということで間違いないように思われた。

「もしかして……あの鏡自体が、父さんからのミッションだったんじゃないでしょうか。自分を見つけろって。真のミッションはむしろそっちで、剪定選挙はそれを阻む試練でしかなかったのかもしれません。人を殺す必要なんてなかったんです！」

神谷を壊してしまいたいという思い。自分を見つけて欲しいという願い。世界は二つの意思を持っている。

「興奮するな。そして解釈に希望を混ぜるな、認知にバイアスがかかる。だが、この世界

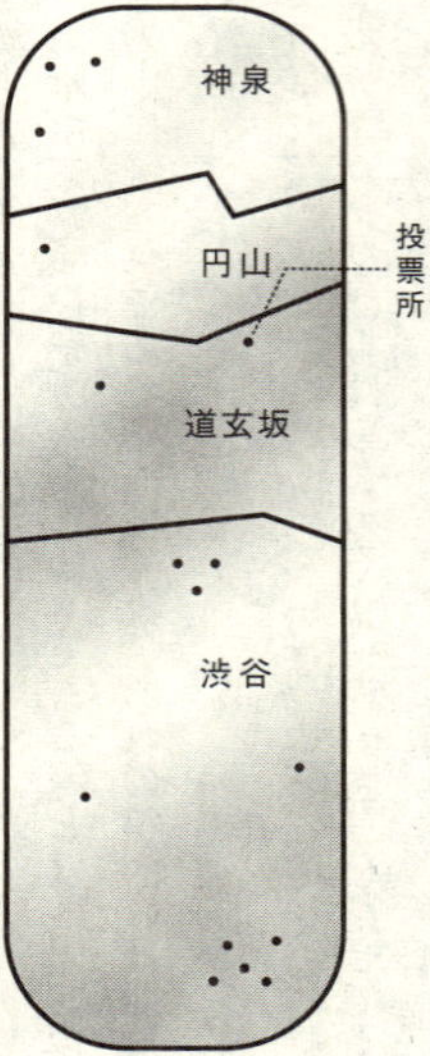

クロノス世界渋谷略地図

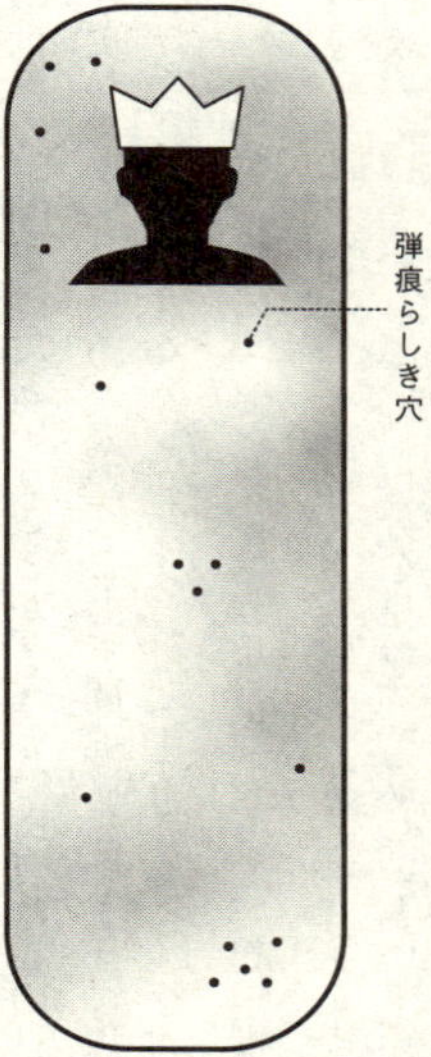

剪定選挙投票所の鏡

の形といい、鏡の模様といい、無意味ということは考えにくい」ふふ、と雹夏さんは地図を眺めながら微笑む。「やっとおもしろくなってきた。本格的にお宝探しだなこれは」

宝探し。その言葉に、かつての自分の趣味を思い出す。

昔から俺は、渋谷の町のあちこちに宝物を隠すのが趣味だった。

手元から離すことで、それの大切さをより鮮明にしたかったのだと思う。何事も、一度離れなければ本当の価値はわからない。父さんのことだって。

だから、取り戻したい。会って話をしてみたい。見方を変えた今ならきっと、前より俺たちはわかりあえる気がするんだ。

——会いにいくよ父さん。

これから、必ず。

あの鏡に込められたメッセージに気づけたのは大きな成果と言える。けれど、そこから先がなかなか進まなかった。本来の渋谷との差異を連日丁寧に探ってみたが、新たな発見はない。

時間は無情に過ぎていく。一日、また一日と。

第五回剪定選挙まで、残り二日となっていた。

6

剪定選挙を二日後に控えた夜。咲恵を寝かしつけた俺は、雹夏さん宅のテーブルに、地図とこれまで撮影してきた写真を並べ、その法則性について考えていた。

「なんだオ。まだ起きていたのか」

声に顔を上げると、雹夏さんが立っていた。シャワーを浴びていたのか髪から水をしたたらせ、身体にバスタオルを巻いている。両手には何カートンもの煙草を抱えていた。

「勤勉だな。まあ、一夜漬けをするというなら止めはしないよ。夜の空気はいいものだ。朝型生活ばかりが礼賛される昨今の風潮はわたしも反吐《へど》が出るほど嫌いでね。しかしなんで朝型の連中は、夜型の生活リズムをああも躍起となって責め立てるんだ？　朝の空気の中には、説教臭さを育む成分でも入っているのかもしれないな」

雹夏さんは着替えもせずにソファに座り、長い脚を対面で組んだ。カートンの封をライターの炎で焼いている。焦る様子はまるでない。

「……雹夏さん、暢気すぎませんか。明日のうちに何も発見できなかった場合、俺たちは終わりなんですよ」

「終わりではないさ。わたしが消えるだけだ」

「受け入れられません。それだけは、絶対に。雹夏さんがいなくなったら、俺たちは、もう……」

「たしかに運転手がいなくなれば機動力は減るな。明日のうちにモトクロスバイクでも探しておくか。あれならお前でも乗れるだろう。まあ、渋谷にあるかは微妙なところではあるが。はっはっは」

「笑わないで下さい……！　死ぬのが怖くないんですか！」声を荒らげてしまう。

雹夏さんは少し瞠目し――ふふっと、口元を綻ばせた。

「とことんまで甘いやつだな。人を少しも消耗材と見なすことができないとはね。同じ血縁から出ているくせに、どうしてこう衣緒とは根本から違ってしまったものか」

衣緒。ずっと忘れようとしていた兄の名前を聞いて、体温がサァッ……と下がっていくのを感じた。神谷衣緒――俺の兄。

「……俺と衣緒兄さんは、そんなに違うでしょうか」

あの兄は邪悪だ。でも、俺が邪悪でないと言えるだろうか。俺だって剪定選挙の投票用紙に名前を書いた。やったことに違いはない。

「お前と衣緒は違うぞ、才。まるで違う。あれは人殺し云々《うんぬん》以前に『悪』だ。どうしようもないほどの悪性だ」

「……雹夏さんはいつから、衣緒兄さんがあんな人だと気づいていたんですか？」

「昔からだよ。最初に気がついたのは衣緒が中学生くらいの頃だ。なにかの拍子《ひょうし》に、衣緒にクロッキーのモデルを頼んだんだが——うまく描けなかったんだよ。形がとれない。どれだけ直そうとしても必ず歪み、濁り、泥のような混沌《こんとん》が現れる。四苦八苦しているうちに気がついた。ああ、そうか、わたしの手は間違ってはいないとね。だから言ったんだ。

『その仮面、キモいからわたしの前ではかぶらなくていいぞ』

そう言ってやった瞬間にね、あいつはあの薄笑いを消して無表情になり、嗤ったんだ。仮面を剝がれた悪魔のような——人生であれほどおぞましいものを見たことはなかった」

兄さんは嬉しかったのだろう。やっと自分と比肩しうる存在を見つけたことに喜んでいたんだ、きっと。そんな雹夏さんのもとに、衣緒兄さんは弟の俺をわざわざ送り込んだ。

何がしたいのかわからない。あの兄だけは、本当に思考が読めない。

「雹夏さん、そんなに鋭いのならもっと真剣に考えれば、父さんの居場所だって——」

「それは無理だ。この問題は万人に開かれたものじゃない。明らかに神谷才、お前だけにあて書きされた壮大なナゾナゾだ。宇斗はお前に見つけて欲しいんだよ。まったく、かまわれたがりな父さんだな」

雹夏さんは言っているうちに寒くなってきたのか、ソファから立ち上がり、タオルを適当に床に放《ほう》ると、そのへんに放られていた下着と衣服を身につけ出した。

「…………っ」あわててテーブルに視線を落とす。もう少し気を使って欲しい――と。

会話して思考がほぐれたからだろうか。この世界の渋谷の地図を見て俺は、一つ手抜かりに気がついた。

この渋谷と現実の渋谷との違いといえば、あそこもその一つじゃないか。

7

第五回剪定選挙の前日。向かったのは、道玄坂に設置された投票所だ。

大きめの校庭ほどの丸いスペース。その中央部に建つ、マフィンのように丸い建物。道玄坂に本来建っていた数多《あまた》の建物を押し退けてここに顕現した施設。

俺は試しに投票所のドアを押してみたが、投票期間中でないと開かないようだ。

「お兄様……なんだか汚れが染みついてますね……」咲恵は足下のアスファルトに滲《にじ》んだ染みに不吉なものを感じたようで、俺の腕にすがりついてきた。

「咲恵、車で休んでいなよ。こんなところにいちゃだめだ」

「いいえ……咲恵もお父様を捜します。お兄様と、一緒に」

手をぎゅっと握ってくる。仕方ないので、咲恵同伴でこの場を探る。

この円形のスペースで最も気になるのは、投票所から放射状に伸びる線だ。アスファルトに白いラインが描かれている。一、二、三、四——十一本の線により、この丸いスペースがケーキのように十一分割されている。

中心の円から伸びる放射状の線。最初に連想したのは旭日旗だ。だが、旭日旗ならもっと線の数が多いし、わざわざここを丸いスペースにする意味がない。そしてここを丸く囲う壁は、上空から見ると花丸のように波打っている。

きっと、これらの形状や模様にも意味があるはずだ。歩きながら考える。何周も、何周も、投票所の周囲を巡る。

同じ場所を繰り返し歩いているうちに、催眠術にでもかかったように世界と自分の境が曖昧になっていく。思考の水面下で何らかのイメージが形成されつつあるのを感じる。

もう少し、もう少し。もう少しで俺は、何らかのヒントを——と。

「今日はもう、ここまでとしよう。タイムアップだ」

雹夏さんの声に、俺の意識は引き戻された。時計を見ると、ここに着いてからすでに数時間が過ぎていた。

「……雹夏さん、まだ二時ですよ。諦めるにはまだ早すぎます」

「そうだな、諦めるのはダメだ。創作だって完成を諦めかけてからが勝負だからな。だが、明日の選挙までにこの停滞を打破できる可能性は限りなく低い。だから、あとは来週以降にわたし抜きで頑張りなさい」

「ありえません……雹夏さんを諦めるなんて！」

「いいから。最後の一日の過ごし方くらい、自分で決めさせてくれ――さあ、いくぞ」

雹夏さんは言いながら、車に俺らのことを引っ張っていった。エンジンをかけ、辿り着いたのは神泉の公園だ。父さんとかつて手をつないで歩いた場所。

園内の草原に染め物をふわっと広げた雹夏さんは、手招きして座れと促してくる。

「咲恵。今朝、早起きしてこそこそサンドイッチを作っていただろう？　あれを食べよう。わたしはね、サンドイッチが好きなんだよ。美大受験の時は、左手にサンドイッチを握ってもくもくと絵を描いていたものだ。パンの切れ端は消しゴムにもなるからね」

俺も咲恵も探索を諦めることには納得できなかったが、求めに応じて座る。

咲恵が運んできた重箱を開くと、サンドイッチが大量に押し込められていた。

「随分とたくさん作ったじゃないか。大変だったろうに。だがね、こういうのは今回限りにしておきなさい。君はもうお手伝いではなく立派な本家の第三子なのだから」

「お手伝いも本家も関係などありません……！　咲恵はただ、好きな人に、お料理を食べていただきたいだけです！」

「好きな人、か。正面から好きと言われるのは悪くない気分だね。さあ、食べよう」

卵はさすがになかったが、ハムや少し水気の多い冷凍野菜、マッシュポテトなんかのサンドイッチが薄切りのパンに挟まっていた。雹夏さんはそれを味わうように食べていく。

会話が弾んだわけではなかった。けれど、気まずい感じは少しもしない。

ずっと、こんな時間の訪れを望んでいたような気さえした。

――『三人で、ピクニックに』

食事を終えて落ち着くと、雹夏さんは改めて今後のことを告げる。

「明日の第五回剪定選挙で殺されるのはわたしだ。衣緒はそう決めている。愛する才を横取りしたわたしのことを、あいつは決して許しはしないはずだ。才に関しては偏執的だからね、衣緒は。だから、引き継ぎだ」

雹夏さんは咲恵と俺に紙を手渡す。そこには、ジュリさんの介護や化粧の仕方がびっしりと記されていた。

「わたしがいなくなった後もジュリの身体の面倒をみてやって欲しい。できることなら、元の世界にも連れて帰ってやってくれ。あんな悲惨な終わりは許容しがたい」

「…………っ……ぅぅ……」

咲恵は目を潤ませ、ついには泣き出してしまった。

「ははは、おもしろい生き物だな。何もしなくても泣くなんて。その顔、よく見せてみなさい」

咲恵を膝元に引き寄せる雹夏さん。咲恵は雹夏さんのお腹に顔を伏せて泣き続け――ついにはよほど疲れていたのか、そのまま眠ってしまった。

咲恵の背を撫でる雹夏さんの手つきは優しかった。基本的には仏頂面なのに、面差しには深い慈しみの心が見て取れる。

「雹夏さんが子供ばかりを描くのは、どうしてですか」俺は脈絡もなくそう聞いていた。

「うん？　だから性癖だ、性癖。子供を見ていると興奮してくるから、そのリビドーをキャンバスに——」

「嘘です、それは」

俺は以前、雹夏さんの部屋で彼女の描いた作品群を見たことがある。描かれていたのは顔のない男児ばかりで、皆神秘的な光をまとっていた。俺はそこに、崇高なものを感じずにはいられなかった。

雹夏さんの目を見続ける。すると彼女は諦めたように息をつき、話してくれた。

「わたしはね、以前子供を産んだことがある」

「え……」

「十四歳の時だ。美術教室の講師とねんごろになって避妊に失敗し、子を宿した。本家にばれたら絶対に堕胎しろと言われるのは目に見えていたからね、五ヵ月ぐらいまで隠し通してやった」

「その子は、無事に……？」

「ああ、産んだよ。妊娠中に地方の病院に入院させられて、そこで出産した。産んですぐ養子に出したから顔も知らん」

雹夏さんは火をつけずに煙草をくわえる。

「産んだ子をすぐ養子に出す場合はね、基本的には母親に赤児《あかご》を抱かせてはいけないんだ。情が移る。だが、その時取り上げを担当した医者は何を思ったのか、わたしに『抱いてみろ』と子供を渡してきたんだよ。有無を言わさず」

雹夏さんは自身の両手に目を落とす。

「ほんの数十秒だったが、あれはすさまじい体験だった。生命の感触というか……少し前までわたしの一部だったくせに、そのくせちゃんと別個に独立した命なんだよ」

「その子とは、連絡をとっていないんですか？」

聞くと、フッと雹夏さんは笑った。

「連絡もなにも、九歳の時に轢《ひ》き逃《に》げにあって死んだらしい。選挙権を持つ前に死ぬとは神谷の血を引く者としてけしからん親不孝ものだ」

その経緯を聞いて、色々と腑に落ちた。

「そっか……それで、絵の中で子供の命を取り戻そうと――」

「違う。わたしという存在を聖母幻想で綺麗にまとめようとするな。創作意欲というものはそう単純なものではないよ。この胸の中にあるのは、もっとあらゆるものを煮詰めたような混沌なんだ」

まあしかし、と雹夏さんは続ける。

「あの子を産んだ経験がわたしの器を拡張したという事実は否定できんが」

雹夏さんは煙草をくわえながら、にやりと笑った。

「君らはわたしの死んだ子供の空席に座り込んだというわけだ。よかったな、わたしの子供が死んでいて」

「また、そういう露悪的な言い方を……」

「ただの事実だ。この世の全てが多数決だとは思わんが、椅子取りゲームであるのはたしかだよ。わたしの子に起こった不幸が君に有利に働いたように。そこから、目をそらしてはいけないぞ。誰を不幸せにするか、意志をもって選択していきなさい。政治家で、ありたいのなら」

その覚悟はできている。安定した治政を実現するため、多数派を優遇し、手を汚していく。それが俺の使命なのだと理解している。

だが、俺は依然として恐れていた。いずれ、自分のしている切り捨てこそが正義なのだと正当化してしまいそうな自分が怖い。振り切れてしまいそうな自分が怖い。なにせ、神谷衣緒の弟だ、俺は。

この世界から脱出した後も、兄さんは間違いなく俺につきまとう。あの人にこれ以上変えられないでいるためには、俺はいったいどうしたらいいのだろう。

「まあ、悩みなさい。お前が被選挙権を得るまでにまだまだ時間はあるだろう。それまでにポリシーを固めておけばいい。まあ、わたしがその姿を見ることはかなわないがね」

雹夏さんは言いながら、俺のシャツの左襟をピンッと指ではじいた。

その部位は、政治家にとってはとても重要な意味を持つ。そこにあれがあるとないとでは、俺たちの存在意義は根底から変わって――「――」

その瞬間、頭の中でカチリ、カチリ、とピースがはまっていく音がたしかに響いた。

この世界の主体は父さん――投票所の位置――地面の模様――鏡は縮図。

ああ、そうか。最初から単純なことだったんだ。

八話　螺旋剪定

1

第五回剪定選挙当日。

俺たちは三人で投票所へ向かった。咲恵のことは置いていきたかったが、本人の強い希望で一緒に来ることになった。

投票所の円形スペースにはすでに俺たち以外の全ての人が待機していた。壁際に並べられたパイプ椅子に皆お行儀良く座り、選挙開始の時を待っている。

その最前列には神谷衣緒——俺の兄もいた。

衣緒兄さんは俺を見るなり満面の笑みを浮かべながら椅子から立ち上がり、こちらに歩み寄ってきた。隣には累さんが寄り添っており、「あ、才くんだー！」と暢気に手を振ってくる。

「一週間ぶりだね、才。まさか才がこれほど長く僕と離れる恐怖に持ちこたえられるとは思わなかったよ。うん、予想外の成長だ。顔つきも見違えた」

「あなたに会いたいなんて、俺は一度たりとも思いませんでしたよ」

「僕を突き放す、か。本当に強くなったものだ。才がこれほどまでに成長できた要因としてはやはり、雹夏さんという、僕とは別のタイプの師と出会えたこと。そして――咲恵ちゃんが本当の妹だと気づけたことかな」

「!? 知っていたんですか」

「いいや。つい先日までは知らなかったよ。でも、考えればわかることだろう。咲恵ちゃんが血縁者だとすれば零斗くんの死にも説明がつく。ふふ、それにしても婚外子か。うちのお父様も堅物のようで奔放なところがあるね」ふふ、と少女のように無邪気に笑う。

当たり前のようにこちらの秘密を暴き出していく兄さんに、ペースを握られそうになる。会話をする時は、気を強く張らなくてはいけない。

「兄さんと話したいことなどありません。あなたはあまりに毒が強すぎる。でも、どうしても一つだけ、聞かなくてはいけないことがあります」

俺はずっと不思議だった。この兄は、いったい――。

「あなたは、何がしたいんですか。人を殺すことに何のためらいもないくせに、人を救うことにも惜しみない。自分の時間を削ってでも人の能力を向上させて……衣緒兄さんのおかげで人生が好転した人だって山ほどいます。一貫していない。だから、わからない、あなたのことがわからない」

この人はどこを目指しているのだろう。

「教えて下さい。兄さんは何が目的で人を変えるんですか。あなたは、神谷をどうしたいんだ⁉」

言い逃れは許さない。俺は強い意志をこめ、兄さんの瞳をじっと見つめる——。

「——え、何も？」

衣緒の、どこまでも澄み切った湖のような瞳——吸い込まれてしまいそうになる。

「まあ強いて理由をあげるなら、楽しいから、かな。自分以外の変化を楽しむのは、人間の最古の娯楽の一つじゃないか」

衣緒は優しく甘く、僕に囁く。

「僕はね、才。生まれつき何でもできすぎたんだ。すぐに完璧に辿り着いてしまうから、成長の余地がない。変化していく自分を楽しむことができなかったんだ。

人は不完全な自分を補うために努力する。体力が足りないから走る。知力が足りないから勉強する。技術力が足りないから反復する。修練には多大な苦痛を伴うが、そこには『成長』という大きな喜びもある。

けれど僕にそれはない。ならやることは、自ずと一つに限られる。自分に変化を望めなくなった人間は、周囲の方に変化を望むんだ。

自分に先がないと悟った選手はコーチへと転身し、後進を育成して夢の続きを見ようとするだろう？　自分がもう恋愛を楽しめなくなった暇人は、知り合いの男女同士をつがいにしようとするだろう？　みんな同じことをしているんだよ。他者の変化は娯楽だと、本能的に知っているから。

僕が誰かを変化させ、変わった誰かもまた誰かを変化させ、その人もまた誰かを変える。螺旋がつながっていくんだよ。

父さんは僕のしていることを新興宗教なんて呼んでいたけど、失礼だなあ。僕はただ、みんなに気持ち良くなって欲しかっただけなのに」

ああそうか。衣緒を『悪』と解釈するのは間違っていた。この人には『悪』も『善』も何もないんだ。

生まれつき完璧で、成長の余地が少なかった衣緒は、いつだってこの世界というゲームに飽きている。だから人にかまう。

衣緒に手を差し伸べられた人間は、この人を救世主のようにすら思っただろう。それが、ただの暇つぶしだとは知らず——。

「お兄様‼」

「…………⁉」強く手を引かれ、俺は我に返った。

俺を見る咲恵の瞳。人間の目だ。心が落ち着いてくる。

「衣緒を理解しようとするのはやめておきなさい、才。『何もない』を理解しようとすると、自分も一緒に飲み込まれるぞ」

雹夏さんは俺と咲恵を隠すように前に出て、衣緒と相対した。

「衣緒。無駄話はこれくらいにして、さっさと目的を果たすとしよう。投票を始めるぞ」

「おや、雹夏さん。一週間にわたる才との共同生活はいかがでした？　一度くらい才のことを抱いてくれたりなんて——いや、きっと母親ぶって世話でも焼いたのでしょうね。才は、昔亡くした子供の代わりになりましたか？」

「わたしの過去をよくご存じなようで。まんまと母親気分を味わわされたよ。まったく、託卵された気分だ。養育費はあの世でたっぷり請求してやるから覚悟しておけ」

「ええ、いくらでも。才のコーチング料としては安いものです。やはり、あなたを生かしておいてよかった」

衣緒はそう言って、満足そうに頷いた。

「さて、それでは挨拶も終わりましたし、第五回剪定選挙の投票を始めるとしましょうか。今回の僕らの投票先は」

衣緒兄さんはタクトを振る指揮者のような洗練された動きで、次のターゲットを指した。「咲恵ちゃんにしておこう」

予想外の選択に、俺たち三人は声を失った。

「……衣緒、やめておけよ悪趣味は。殺すのはわたしにしておけ。こんな小娘を殺したところで何にもならん」

「無論、雹夏さんも次回で殺害しますが、それより先に咲恵ちゃんです。才の心の錨《いかり》を取り除いてあげないと」

「…………！」俺は衣緒の言葉を最後までは聞かず、パイプ椅子の並べられたスペースへと駆けた。座っている神谷の人たちに呼びかける。

「皆さん。今、衣緒は、次の投票先は咲恵だと言いました。まだ九歳の咲恵を殺すと――まさか皆さん、そんな指示に従ったりしませんよね？」

この人たちはおそらく衣緒の派閥に入っている。無斗叔父さんが死に、唯一の盟主となった衣緒に神谷の人間は喜んで取り入っただろう。

「どうして、何も言わないんですか。まさか、従うつもりですか！　九歳の子供を殺してまで生きながらえたいですか⁉」沸き上がる憤怒に、思わず大声を出してしまう。

さすがに恥ずかしくなったのか、幾人かの親戚は恥じ入るように目を伏せた。

だが、彼らは投票開始時刻が来ると、さっと席を立った。迷いのない足取りで、投票所へと向かう。割り切りが極まっている。

俺は投票所に向かう人々の姿を目に焼き付ける。生涯この光景を、嫌悪し続けよう。

――でも、決して咲恵を殺させはしない！

俺は全力で走り、神谷の人々の一団を追い抜いて、先に投票所の中へ飛び込んだ。

この部屋には、一度に一人までしか入ることができない。俺がいる限りは、誰も入ることはできない。三分に限り。

俺は呼吸を整え、記入台へと向かう。投票をするためじゃない。そこで、昨日発見したある事実についての最終確認をするためだ。

俺は椅子に座り、台にこの世界の全景を記した地図を広げた。鏡の壁によって楕円に切り取られた渋谷。基本的には現実の渋谷を模してはいるが、所々に差異がある。父さんが壊した場所だけが、この世界で復活している。

しかし一ヵ所だけ不可解な箇所がある。この投票所のスペースだ。

なぜ道玄坂のこの位置に、わざわざ投票所を設けたのか。波打つ巨大な円形。その中央にポツンと建つマフィンのような投票所。そこから放射状に伸びていく十一本のライン。

この意匠の意味も不明だった――昨日までは。

俺は立ち上がり、奥の壁に設置された鏡の方へと向かう。台の椅子を、そこまで引きずっていく。

鏡は楕円だ。鏡面には幾多と赤い円が描かれている。おそらくはクロノス世界の縮図だ、この鏡は。

鏡面の上部には王冠が描かれている——その、右斜め下。

そこに、弾痕のような小さな穴が空いている。

世界におけるこの投票所の位置と、鏡の穴の位置は同じだ。

王冠の——頭部の右斜め下。つまり、人間で言うところの左の鎖骨あたりだろう。左襟の上部。俺たち政治家にとって、そこは大きな意味を持つ。そこに議員バッジが取り付けられているといないとでは、根本から存在意義が変わってしまう。

神谷家は衆議院の議席を、バッジと共に代々の後継者に受け継いでいる。

衆議院の議員バッジ——丸い台座の上に、金のメッキで象られているのは、十一枚の花弁をもった菊だ。小さな丸い花柱を中心に、十一枚の花びらで円を描いている。

この投票所周辺を上空から見下ろした場合、それと同じような模様が現れる。丸い壁が波打っていたのは、花弁を表すためだ。この一帯はそのものが、議員バッジを象った巨大なモチーフだ。

俺はポケットに入れた巾着から、衆議院の議員バッジを取り出した。神谷家の後継者で

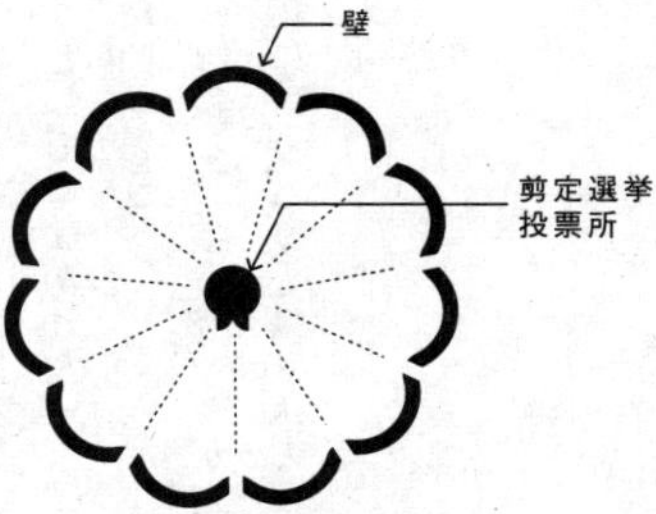

俯瞰図　道玄坂投票所広場

ある俺にだけ、これを持つ資格がある。

鏡に空いている穴のサイズは、ちょうど議員バッジと同じ程度だ。偶然とは思えない。

「父さん……」

俺にだけ解く資格のある謎。父さんはきっと、本当の自分を息子の俺に見つけ出して欲しかったんだ。

父さんにどんな感情を抱けばいいのか、まだ答えは出ない。これまでの俺は、敵意を抱くばかりで父さんのことを理解しようとしてこなかった。

だから、また会って、話をしてみたいと思う。

カチリ。小気味のいい感触が指先に伝わる。議員バッジが穴にはまり、鏡の欠落が補われる。その瞬間、鏡面の頭頂部から縦にばりばりと罅《ひび》が入る。雛鳥《ひなどり》が卵から生まれてくる時のように。まばゆいほどの光が漏れ——。

2

死んだはずの父さんがそこにいた。

俺の隣で仰向けに横たわっている。意識はないようだが、胸がかすかに上下している。生きている。

父さんは上下黒のスーツ姿で——左襟には、金色の議員バッジが取り付けられていた。

なんだか、現実感が希薄だ。

俺は半ば無意識に、父さんの無骨な手に手を伸ばす——温かい。

「素晴らしいよ、才！」

「————!?」

声に振り向くと、背後には衣緒が立っていた。衣緒はパチパチパチと手を叩く。興奮した様子で、少し息を乱していた。

「まさか父さんを見つけてのけるだなんて……予想外の成長だ！　本当に、本当に素晴らしいよ、才！　ヒントやキーアイテムはちゃんと渡していたけど、それでも難易度は相当高かったはずだよ。本当に素晴らしい！」

『ヒント』『キーアイテム』

まるで、父さんを捜すことそのものをゲームと捉《とら》えるような言い方だ。まるで、そのゲームを用意したのが自分だとでも言いたげな——。

どういうことだ？　またしても混乱に襲われる。

俺はこの世界の主体は神谷宇斗であるという前提の下、父さんの姿を捜していた。もしかして、それは間違いだったのだろうか。

この世界の本当の主体は——実は、衣緒？

「ああ、安心して。世界の主体が父さんなのは才の予想通りだよ。僕は少しだけシステムデザインをいじらせてもらっただけだ。剪定選挙のルール、よくできていただろう?」

くらりと目眩に襲われる。勝負において、一番の勝利者となり得るのは胴元だ。なら、衣緒がそのポジションをおさえていないわけはなかった。

「そんなに青ざめないで、才。クロノス世界の基本的な脱出ルールは才が予想した通りだよ。主体を殺せば世界は終わる」

見つけた主体は殺さなければいけない。あらかじめわかっていたことだ。けれど俺たちはそこにあまり触れないようにしていた。きっと他の手段が見つかると信じていた。

「選挙、で……」剪定選挙で殺すなら、罪悪感は少なくてすむが。

「いいや、才。剪定選挙はもう行われない。投票所は、父さんの発見と同時に解体された。そういう風に設計しておいたからね」

たしかに、投票所は跡形もなく消えていた。

「才、だから心配しなくて大丈夫だってば」衣緒は優しく笑う。「こんなこともあろうかと、ちゃーんと才のために最後の武器を用意してあげたから。さあ、受け取って」

衣緒はジャケットの懐から、大きなナイフを取り出した。俺の手首から肘《ひじ》ほどもあるそれは、まるで短剣のようだ。衣緒はそれを俺の手に握らせる。

「……才！　やめろ、惑わされるな。咲恵の前で父親を殺すのか‼」

雹夏さんの恫喝《どうかつ》するような声。ハッと我に返る。咲恵が涙に溢れた目で俺のことを見ていた。あんなに父さんに再会するのを楽しみにしていた咲恵の前で、俺はいったい何を。

「衣緒、宇斗を殺す役目はわたしがやろう。そのナイフを渡せ」

ナイフを受け取ろうと、こちらに歩み寄ってくる雹夏さん。だが、一歩を踏み出したところでぴたりと足を止めた。

累さんが、両手構えの無骨な銃を雹夏さんに向けていた。

「ごめんね雹夏ちゃん。動かないでくれるかな。衣緒くんはね、今大事なお仕事をしているんだよ。ふふ、ママ頑張るからね」

累さんは自分のお腹に向かって笑いかける。

「……衣緒、お前自分の女に随分と不細工な銃を握らせるじゃないか。カラシニコフなんて野蛮なものを使うから、お前は芸術面ではいまいちなんだ」

「ＡＫは傑作ですよ、雹夏さん。子供や女性すらもたやすく戦士へと変貌させる、まさに変化の象徴たる銃だ。そこで大人しく才の成長を見守っていて下さい」

衣緒は俺の耳元で囁く――。

「さあ、才。物語の幕を閉じるとしよう。古今、少年の成長譚《たん》は親殺しによって完成すると相場が決まっているものだ。才がここで頑張ってくれたら、雹夏さんと咲恵ちゃんの命は生涯奪わないと約束してあげるから」

衣緒が俺の手に手を添える。死体のように冷え冷えとした感触。仰向けに横たわる父さんの心臓の上に、ナイフを持つ手を導かれた。真下に、父さんの胸板がある。

「……っ……っ……」

あとは俺が決断するだけだ。俺がもう一人殺しさえすれば、世界の全ては終わるんだ。

「才、殺せ！」「何をためらってんだ！」「どうせあなた、宇斗さんのこと嫌いだったでしょう！」「もったいぶってないで殺せ！」「まだ!? 早く刺しなさいよ！」

殺せ殺せ殺せ殺せ殺せ――実の親を殺せと親戚たちは俺を促す。

投票で咲恵のことを殺そうとしたり、俺に父さんを殺せと叫んだり、せわしないなこの人たちは。こんなものを助けるために、俺は父さんを刺すわけじゃない。

俺が守りたいのは俺の家族だ。咲恵と、雹夏さん。

そうだ、元の世界に戻ったら、咲恵と一緒に雹夏さんの家に押しかけよう。三人一緒に暮らすんだ。休日には、公園にピクニックに行く。雹夏さんの絵のモデルになってあげるのもいい。うん、きっと楽しい新生活が待っている。

この未来を掴み取るためにも俺は――最後の仕事を片付けてしまう必要がある。

ナイフの柄を握る手に力を込める。一人殺すのも二人殺すのも同じことだ。

「――振り下ろすんだ、才！」

衣緒の声に背を押され、両手に握ったナイフを振り上げる。父さんの胸にナイフを振り下ろす。重力と慣性によって勢いづいた切っ先を父さんの胸板に――――。

――突き刺すことは、できなかった。

「…………っ！」ナイフを捨てる。

刺せるわけがない。殺せるわけがない。だって、俺は知ってしまった。この人が人間であることを。心を殺すことができずに、父さんはいつだって苦しんでいた。

「……うっ……ぁ……ぅ……父、さん……」

俺の涙は父さんのスーツへと落ちていく。だめだ、俺にこの人は殺せない。

「そうだよね、才。いきなり刺せと言われても無理だよね。え、その人は才のお父さんだもんね、うん、仕方のないことだ」

衣緒は片膝をつき、俺の顔をいたわるようにのぞきこんでくる。

「だから才、少し刺しやすくしてあげる。才、その人は、神谷宇斗は――君のお父さんじゃ、ないよ」

父さんが、父さんじゃない……？

「戸籍上はたしかにその人がお父さんということになっているけど、血縁上はそうじゃない」

　だって、と衣緒は言う。

「才の父親は、この僕だからね！」

「は……？」衣緒が父親？　何を、言って――。

「本当のことだよ、才。才は、僕とお母様の子供だよ。証拠だってある。お母様がお腹に才を宿した夜の一幕は、ちゃーんとカメラに記録してあるからね」

　ふふふ、と衣緒は――あらゆる倫理から解き放たれた悪魔は笑う。

「最初はちょっとした思いつきだったんだ。極限まで僕と血が近い子供を作れば、どれほど優秀な人間が誕生するんだろうって。だから僕と一番の近親であるお母様を惑わせて、子供を作ることにしたんだよ」

　いつしか、他の声は止んでいた。皆が、衣緒の言葉に耳を傾けている。

「そうして生まれた子供は――才は――はっきり言ってしまうと、僕には遠く及ばない期待外れでしかなかった。でも才を目の当たりにして僕は、今まで知らなかった感情を抱くことができたんだ。見ているだけで愛おしく……ああ、これが愛なんだって……僕に教えてくれたんだよ、才は！」

　この世で一番愛から遠い生き物が、興奮気味に愛を語り囁いてくる。

「退屈で仕方がなかったモノトーンの人生に、初めて芽生えた真っ赤な想い……。才は、僕にとって特別なんだ。だからもっと、才には僕に近づいて欲しいんだ！」

衣緒は放り捨てられたナイフを拾い、それを再び握るよう促してくる。

「才、その人は君にとってはせいぜい祖父に過ぎないよ。二親等。そんなの、ほとんど他人のようなものだろう？　咲恵ちゃんだって君の妹じゃないよ、叔母ということになるのかな？　ほら、他人じゃないか。君と一番近い存在はここにいる！」

さあ、と衣緒は俺に訴える。

「偽りの父を殺して、僕を父として承認するべきだ。君が、真の愛に芽生える美しい瞬間を、どうか僕に撮らせ――」

「黙れ」

これほど冷たい声が出せたのだと、自分で自分に驚いた。

衣緒の言葉はその大半が聞くに堪えない妄言だ。最初から論理の全てが破綻《はたん》している。

血が近い。能力が近い。自分に近い存在だから好きになるというなら、それは――。

「あなたのは愛じゃない……ただの自己愛だ」

血のつながりなんて重要なことじゃない。咲恵が神谷の血縁者だと知る前から、あの子はかけがえのない妹だった。それと同じように。

「……俺の父さんは神谷宇斗、ただ一人だ」

3

はっきりと、衣緒に拒絶を突きつける。すると衣緒は茫然《ぼうぜん》自失《じしつ》してその場に立ち尽くした。常に浮かべていた薄笑いは消え、あれほど濃厚だった存在感が今は希薄だ——と。

「——きゃあっ！」

声に振り向くと、累さんが親戚の一人に取り押さえられていた。激しく銃を取り合っている。

「やめてっ痛いっ……お腹にさわらないでぇ！　衣緒くん助けて！」

累さんは元々華奢な女の子だ、為す術もなく無力化された。

銃というくびきの消えた神谷たち。彼らが次にどう動くのかなんて明白だ。

「よし、宇斗を殺れっ!!」「半分は衣緒を押さえろ！　絶対何か武器もってんぞ！」

父さんを殺して世界を終わらせようと、殺到してくる神谷、神谷、神谷——。

「やめろ……！」

俺は反射的に、両手を広げて父さんの前に立ちはだかる——。

——バチンッ

「え……」

どこかで聞いたような音が響き渡ると同時。先頭を走っていた親戚の一人の頭部が、一瞬のうちに切り離された。

突然の光景に、皆が足を止めた。

それをやったのは――「ジェリービーンズ……」

選挙のたびに現れるカラフルな軍勢。そのうちの一体が、存在を誇示するようにハサミを何度も閉じては開き、バチンッ、と音を響き鳴らしている。バチンバチンバチンバチンバチンバチンバチン。

煙のような身体はぶるぶると痙攣し、次第にある形を成していく。

「柾恵、さん……？」

最初の剪定選挙で殺された神谷柾恵さん、だろうか。目は白いし、少し腐っているが――切り離されたはずの五体は結び合わされ、その手には巨大なハサミが握られている。

広場のあちこちにカラフルな処刑人が出現していき、この世界で亡くなった人の形を成していく。無斗叔父さんに、その息子の零斗……昭吾さんの姿もあった。

誰がやったのかは明白だ。こんな悪趣味な真似をする悪魔は一人しかいない。

当の悪魔は、ぶつぶつと独り言を漏らしていた。

「間違えたなぁ……僕は少し間違えた。才は僕を選んでくれると思ったのにな……どうして父さんや咲恵ちゃんのことばかり。ここまでやってもダメなんて……どうすれば、父さんや咲恵ちゃんを上回ることができるのか、僕にはさっぱりわからない」

衣緒はふっきれたように笑う。

「うん……こうなれば仕方ない。乗り越えられない障害は、根元から切り落とすに限るよね。僕には息子一人がいればいい」

衣緒は言いながら片手をあげた。

「――多数派を、切り捨てろ」

衣緒が手を振り下ろすと、死体の軍勢が神谷たちに向かって襲いかかった。かつて自分を切り捨てた者たちを、今度は逆に切り刻んでやろうと――。

「やめっ……！」「来るな、来るなぁ！」「衣緒、止めさせてぇ……！」

死体から逃げ惑う神谷たち。そんな中、逆に死体に向かってかけていく人がいた。

「パパー！　パパ、パパ～！　生きてたんだね！　累、すっごく会いたかったよ！」

昭吾さんのハサミが、累さんを挟む。

「パパなにするの……？　やめてやめてパパやめて、痛いよ、痛いっ……！」

――バチンッ

無慈悲なハサミの音が鳴り響く。あまりの光景に目眩がした。

「才!! ぼやぼやするんじゃない！ 逃げるぞ!!」

肩をぐいっと掴まれて引き起こされる。雹夏さんがいつの間にか側に来ていた。

小脇に抱えられた咲恵も、泣きながら俺の身を案じていた。

そうだ、この子だけでも早く逃がしてあげないと。俺は武器としてナイフを拾ってベルトに差し、二人と一緒に駆けだした。父さんも連れていきたかったが、起きてくれそうにないのでそのまま広場においてきた。どうか、無事で……。

あの死体たちは追ってこない。俺たちは攻撃対象に設定されていないのか……？

俺は投票所のスペースから逃げ出る間際、後ろを振り向いた。神谷の愚かさを目に焼き付ける。

まるでネズミだ。近親同士で殺し合い、共食いを繰り返し、親子で子供を作ってしまう。みっともない。情けない。この世の愚かさ全てを描いた絵巻のようだ。

少し前までの俺も、あそこにいたんだ。いる間は気づけない。身内で固まっているうちは、決して間違いに気づくことはできない。

ああ、そうか。神谷の間違いの根本はそこだったんだ。

4

俺と雹夏さん、咲恵の三人はあてもなく無人の渋谷を走っていた。でも、そう遠くまでは逃げられない。この世界には壁がある。袋のネズミのようなものだ。

「…………っ…………っ……」

この惨劇の終わらせ方がわからなかった。やはりあの時、父さんを殺すしかなかったのだろうか——その時。俺たちの進行方向の先から、エンジン音が聞こえてきた。

「なっ……ん、だ？」

雹夏さんが俺たちを止まらせ、前方を睨む。この世界にいる全員は、今も投票所で殺し合いに勤《いそ》しんでいるはずなのに、いったい誰が。

「ジュリ⁉」「ジュリさん！」雹夏さんも俺も、思わず声をあげた。

オープンタイプの軽自動車の運転席に乗っているのは、病院で眠り続けているはずのジュリさんだ。目が、覚めたんだ！

笑顔で手を振っている。元気そうだ——！

「ジュリ……なんだあいつ。目覚めるなら先に言え先に」

雹夏さんの目に涙が滲む。俺も嬉しかった。仲間が一人増えるのは心強い。とりあえず車の座席に乗せてもらおうと——。

肩に衝撃。俺と咲恵は諸共に横方向に突き飛ばされた。雹夏さんに、突き飛ばされた？

意味がわからず愕然《がくぜん》と顔を上げた次の瞬間。

「────」

衝突音。歩道に乗り上げたジュリさんの車に、雹夏さんの身体が撥《は》ねられていた。

空を飛び、風に吹かれた木の葉のように転がっていく身体──。

「おねえ、ざま～！　ごめ、ごめんなざいぃ！　衣緒様が、やれっで、おっしゃ、ったがらぁぁぁ！」

ジュリさんの運転する車は雹夏さんの身体を追い、タイヤでその身に乗り上げる。身体は潰れ腕はひしゃげ、もう二度と、絵の描けない身体に──。

ああ、そうか……これをやらせるために、衣緒はジュリさんを生かしておいたんだ。そもそも、ジュリさんが瀕死という情報すらも、嘘だったのかも。

「雹夏様、雹夏様ぁ……！　あぁあああああ……！」

泣き叫びながら雹夏さんを助けに行こうとする咲恵──抱きしめて引き留めた。

雹夏さんが命をかけて守ってくれた命を無駄にするわけにはいかない！

子供二人で逃げて、逃げて、逃げ続け──俺たちは渋谷駅前に到着した。ハチ公像の台座に手をつき、全身で息をして、乱れに乱れた呼吸を整える。

もう、これ以上は逃げる意味がない。すぐに壁に突き当たってしまう。

「……っ……っ……」

振り向くのが怖い。衣緒が、今にも姿を現してくるかもしれない。

きっと俺たち以外のほぼ全員は、すでに殺害されているだろう。累さんも死んだ、霞夏さんも死んだ、ジュリさんのことだって殺してしまうかもしれない。

神谷衣緒。完璧な『神谷』にして変化の権化。起こりうるあらゆる変化を予測して、二手も三手も先んじる。あんなおぞましいものに、どう勝てばいい……？

「……あの時」

俺が父さん一人を殺してさえいれば、霞夏さんは死なずにすんだ……！

悔やんでも、悔やみきれない。あの人には絶対生き残っていて欲しかったのに。ずっと、俺と咲恵と一緒にいて欲しかったのに。

もう遅いかもしれないが、今からでも父さんを――腰のナイフに手を添える。

父さんを殺しさえすれば、咲恵だけは元の世界に帰してあげることが――と。

「お兄様は……間違っていません」

咲恵も泣いていた。涙をぽろぽろと流しながらも、俺の手に手を添えて、決断を肯定してくれる。

「お父様を、殺したりしてはだめです……だめです……絶対、絶対だめです……！」

「咲恵……」

妹に嫌われずにすんだことは、俺にとって何よりの救いとなった。元々俺は、咲恵にとってのかっこいいお兄ちゃんになりたかっただけなんだから。でも――。

「それでもやはり、俺の決断は間違いなんだ」

「…………っ」咲恵は少し怯えたような表情で泣くのを止めた。

「みんなのために一人を切り捨てる判断ができないのなら、俺は政治家とはなりえない。あまりにも高い授業料だ……俺が、情を抱いたりしなければ！」

情が故に、人間は判断を間違え負ける。あれほど鋭かった雹夏さんだって、結局は俺たちに抱いた情が故に、悲惨な最期を遂げてしまった。

『情』とは思考の淀み。衣緒にはそれがないから速いのだと雹夏さんは言っていた。だから、衣緒は最強だ。愛を知らないから――――愛を知らない？

「いや……」

違う。衣緒は、あいつは決して愛を持たない存在じゃない。基本的には誰彼かまわず殺すことができる無の権化のような殺人鬼だが、自分で言っていたじゃないか。

――『愛してる』

「ああ、そうか……」

「兄様……？」

空っぽこそが最強だというのなら、あいつはすでに十年前、自ら望んで最強の座を手放している。

「ねえ、咲恵」俺は咲恵に向き合う。「あの屋上遊園地で、俺のことを待っていてくれないかな」

「待っている……？　咲恵だけで、あそこに行けと……？」

「うん。後から俺も行くから、先に行って待っててよ」

「い、いやです……！　咲恵はお兄様と一緒でないといやです！　お兄様、そうやってまた、自分だけが犠牲になろうと……咲恵だって、お兄様をお助けできます！」

咲恵は駄々をこねるように首を振る――。

「必ず行く!!」

「!?」叫ぶように言うと、咲恵は言葉を引っ込めた。

「俺は……必ず咲恵のもとに帰るよ。俺は約束を破らない。雪さんにだって誓ったんだ。ずっと咲恵と一緒にいるって。咲恵を一人にしないって」

まっすぐに咲恵の瞳を見つめる。言葉にならない覚悟を伝える。政治家としてじゃない。俺は一人の人間、神谷才として、咲恵と約束をしたかった。

「本当に……お兄様、帰ってきて下さいますか？　咲恵のこと、一人にしたりしませんか……？」

「うん、絶対に。みんなで帰ろう。咲恵と俺と、それから父さんと三人で」

親子三人の力を合わせれば、俺たちはきっと大丈夫。

喧騒が落ち着いたら、三人で遊びに行こう。どこがいいだろう。ああそうだ、１０９がいい。父さんに咲恵の服を買わせてやる。

帰ってからやりたいことを咲恵に伝える。同じ希望を咲恵と見る。

すると咲恵は、やっとのことで俺が本気で帰ろうとしていると信じてくれた。

何度も振り返りながら、一人屋上遊園地へと向かう咲恵――ああ、そうだ。

「ねえ、咲恵」

俺は咲恵を呼び止めた。一つだけ、伝え忘れていたことを思い出したから。

「俺たちはさ、友達を作るべきだと思うんだ」

「友、達……？」

「うん」俺は頷く。「心からつながった友達だ」

にこりと笑う。

「俺たちの家柄なんて気にもせず、ずっと側で見ていてくれる友達が、俺たちには必要だと思うんだ」

神谷の血は一度目指すところを見つけてしまうと、そう簡単には止まらない。多少の間違いや犠牲は知るかとばかりに、極北を目指して走り続ける。

だから、そんな俺たちにブレーキをかけてくれる外の目が必要だ。俺たちのことを真に思って忠告してくれる。叱ってくれる。そんな友達が、俺たちには必要なんだ。

「いつまでも二人だけで遊んでたってつまらないだろ？　だから、信頼できる友達を探して、友情でつながったグループを作ろう。みんなで、あの屋上遊園地で遊ぶんだ。きっと、最高に楽しいんじゃないかな」

5

神谷家の本家長男、神谷衣緒。

彼にとっての人生は、とても退屈なものだった。

人としての最高性能をもって生まれた彼には、この世は難易度があまりにも低すぎた。

彼にはおよそできないことがなかった。

習わずともすぐできる。一目見ればコツを掴める。やっとできないことを見つけ出しても、少し練習して一晩寝れば、翌日には誰よりうまくこなせてしまう。

向上の余地がない。成長という楽しみがない。変化の見えない毎日に、彼はひどく飽いていた。

そんな彼にも唯一、夢中になれる娯楽があった。──人を変えていくことだ。

通常の人間は衣緒ほどには能力が高くない。どころか、自分に宿る乏しい可能性を発揮することすらままならず、うつろなままに生を送って死んでいく。

衣緒は、そんな他者へと手を差し伸べた。絡まる糸を解きほぐし、正しいところに結んでやると、人は驚くほどの向上を見せた。昨日と今日とで存在を異にしている。

その様を見て、衣緒の心は躍った。あらゆる人を、当人が望むがままに変えてやること。それが、衣緒にとっての娯楽となった。

特に衣緒が目をかけたのは、社会から切り捨てられた『落ちこぼれ』の人間たちだ。彼らはスタート地点が低い分、より成長の余地がある。

弱者はすぐに切り捨てろ——神谷のポリシーからすると、本家の長男である衣緒のしていることは許されざる禁忌であった。必然、当主の父とは衝突を繰り返した。『神谷のポリシーを遵守せよ』そんなもの、衣緒には心底どうでもいいことなのに。

けれど次第に、衣緒はその日々にも飽きてきた。衣緒が目をかけた人間は、ポテンシャルの分はちゃんと成長するが、それ以上伸び上がらせるのは衣緒の力をもってしても不可能なことだった。予定調和の変化には、もはや興味を抱けない。

衣緒からの寵愛《ちょうあい》を失ってしまった人らは絶望し、自死を選んでいった。死という最大の変化を最後に見せてくれたことが、衣緒は少しだけ嬉しかった。それすらも、すぐに飽きてしまったが。

衣緒は探した。もっと育て甲斐のある、高いポテンシャルをもった人間はいないだろうか。自分と同等にまで至れるような人間は。ある日ふと、衣緒は思った。

――僕がもう一人いればいいんだ！

衣緒の知る限りにおいては、最高のポテンシャルをもっている人間は自分だ。自分の手で自分のことをもう一度育てることができたなら――きっと、最高に楽しいはずだ。

だから、衣緒は子供を作ることにした。通常の親子よりも血の近い、自分の分身といえるだけの近親を。衣緒は実の母との間に子を生《な》すことにした。

そうして生まれてきた禁忌の子、神谷才。才は優秀な子ではあったが、衣緒の性能をまるで引き継いではいなかった。凡庸よりも少し上、程度の頭脳と身体能力。おまけに情というアラを持って生まれてしまった不出来な子。

けれど、衣緒は才を愛することができた。

才を眺めているだけで心が温かく満たされる。いつまでも、この子に触れていたい。これが愛という感情なのだと衣緒は齢《よわい》十五にして知った。

衣緒は才を自分と一緒にしたかった。能力面で才が自分のところに至るのは間違いなく無理だろうが、人格面なら近似のところにまで導ける。

数多の人を育ててきた衣緒にはその自信があった。だが、衣緒は才と切り離された。

歴戦の猛者である宇斗は衣緒の異常性を見抜いていた。才の出生の秘密にも、妻の自殺の理由にも。才が衣緒の子供であることをわかった上で、宇斗は才を後継者として育てることに決めたらしい。

衣緒は地方に追いやられた。だが、この時代に距離など何ら障害にはならない。飛行機もあれば新幹線もある。ネットもある。いつだって会える。休日のたび会いに行く。こっそり渡した端末越しに、才にたくさんのことを教えた。

まずは才に自分のことを尊敬させた。高い能力を見せつけた。聖人君子のような、公明正大な振る舞いを心がけた。『僕の兄さんはすごいんだ』——狙い通り、才は衣緒に憧れの目を向けてきた。

それでありながら衣緒は、あまり有能に見えすぎないようにも気をつけた。才との距離が離れすぎてしまわぬように。

才の前では時折あえて、失敗しているフリをした。父との関係性に悩んでいるフリをした。神谷家の残酷さに憤っているフリをした。そうすることで才との絆《きずな》を育んだ。

また、ジュリとの情事をあえてのぞかせることで、才に性的なトラウマを植え付けるなど、成長の指向性に関しては細かく調整していった。

才の内側に、『変化』の種を植えていく。いずれこれが発芽した時、この世で唯一の愛すべき存在は、自分と同じ人格を得るだろう。その日を思い、衣緒は心を躍らせた。

いずれ地盤を固めたらまた渋谷に戻り、才にさらに濃い教育を施すつもりだった。そんなある日のこと。

衣緒の住むマンションに、宇斗からの一報が届いた。

『才がお前の子であることが、無斗にバレた』

無斗は、本家に仕込んだスパイである神谷リリアを使い、極秘の資料を手に入れた。

無斗は宇斗を脅していた。長男と実の母の近親相姦《そうかん》をマスコミにリークされたくなければ、国政の地盤を譲れ。

宇斗はどうすることもできず、自分の地位を無斗に譲ることに決めてしまった。今年の盆の集まりで、当主の座の禅譲を発表する予定だという。

衣緒は今後のことを話し合うために、本家へと帰ることにした。久方ぶりに実家に帰省した衣緒を待っていたのは、実の父である宇斗、そしてその私設秘書である加藤からの襲撃だった。

彼らはあっという間に衣緒を仏間の畳に組み伏せた。加藤が衣緒の腕の関節を極《き》め、父は衣緒の背中に乗って頭部を畳に押しつけた。

『私は近々死ぬつもりだ。民を残酷に切り捨ててきた王は、王位を失った後は生贄になる義務がある――お前という悪魔を道連れに』

父は衣緒の心臓にナイフを突き立てようとした。だが――衣緒は実家に呼ばれた時点で、この展開を当然のように予見していた。

あらかじめ緩《ゆる》めておいた肩と肘の関節を外し、加藤の拘束からするりと抜け出た衣緒は、返し技で父を逆に組み伏せながら、片手で加藤の両目をえぐり、眼窩《がんか》に指をひっかけその身体を投げた。頸椎《けいつい》を折られた加藤は瀕死の状態へと陥った。

邪魔者をあっさり消した衣緒は、父に馬乗りの状態でまたがりながら、用意しておいたナイフを大きく上に振り上げた。

『後は任せて下さいお父さん。神谷家も才も、後は僕が変えてあげますからね──才は、僕の息子なんですから』

ためらいもなく、何の感慨もなく、衣緒は実の父の心臓にナイフをぐさりと突き立てた。びくっと跳ねた父の身体を押さえつけ、死にゆく様を見届ける。父の胸により深くナイフの刃を押し込んだ。父の口腔《こうこう》が血に満たされる。

『さ、い……』

唇から鮮血をこぼしながら、父は才の名を呼んだ。それが、断末魔だった──その時。

衣緒の周囲はまばゆい光に満たされた。


気がつくと、衣緒は無人の渋谷に立っていた。

父の想念を基盤とした別世界。後悔を払拭するために、父が創り上げてしまった別の世界線だった。父はこの世界に神谷の親戚とその関係者を閉じ込めていた。自分たちがどれほど歪んでいるかに気づけと願って。

父の死に直結していたせいか、衣緒はこの世界の根幹とつながっていた。絡みつく蔓のように、衣緒の思念をも巻き込んでいる。

衣緒は早速、父から主導権を一部奪い取り、まだ未完成のこの世界のルールを好きに設定することにした。

——この世界そのものを、才の教材にしてしまおう！

才はもう十歳だ。そろそろ、本格的に人格を変えてもいいだろう。

才が人を殺せるような環境を構築し、その『成長』の物語を思い描く。

『剪定選挙を勝ち抜くために黒に染まることを決意する才、衣緒の教育により順調に育っていく。人を殺す。しかし突如として訪れる危機。才は世界で一番信じていた兄の本性に気づく。兄のもとを離れ、頼れる大人のもとへ逃げる才。そこでさらに成長しながら、父親捜しという新たなミッションに挑む。そして最後に発見した父親を殺すことでイニシエーションを終える』

途中トラブルはあったが、おおむね当初の予定通りになった。

だが——才はラストでしくじった。父親を殺すことを拒んだ。衣緒が本当の父親であることを、認めようとしなかった。

衣緒にとっては生まれて初めての痛恨のミスだった。受け入れがたい。こんなことはあってはならない。才が自分以外を選ぶだなんて。だから衣緒は、自分と才以外の全てを消してしまうことにした。

あと、この世界に残っているのは父と衣緒、咲恵、そして才だけだった。

——今、迎えにいくよ、才。

6

衣緒は悠々と歩いて、逃げた才の足取りを追っていた。才の思考を読み、道々にわずかに残る痕跡を見逃さない。追跡は容易だった。

「待たせたね、才」

才はスクランブル交差点の真ん中に立ち尽くしていた。咲恵の姿はない。

「少し時間がかかったけど、他の枝葉は剪定しておいた。ジュリの壮絶な最期は、見せてあげたかったなぁ。車のブレーキが急に利かなくなって壁に激突したんだよ。あんな爆発、ハリウッドでもそうは見られない。あと、残っているのは父さんと才と僕、それから咲恵ちゃんだけだ」

才を確保してから咲恵を殺し、最後に父を殺してこの世界から脱出する。

「兄さん」才は、静かに口を開いた。「どうしてあなたは、母を犯してまで自分と同じものを作ろうとしたんですか」

同じものを作ろうとした。なるほど、そういう見方もできなくはない。

「おそらく、同じものを再生産しようとするのは人としての性《さが》のようなものなんじゃないのかなぁ。同じでありたいと願い、人はセックスをする。同じを増やしたいと願い、子を産み、派閥を作る。そして違うを排除したいと願い、人は人を傷つける。原始から決して変わることのない人の性というものだ、これは。『違う』は気持ちよくないんだよ」

衣緒がそう説明すると、才は残念そうに目を伏せた。

「やはり、神谷の間違いの根幹はそこに……」

才はぎゅっと目を瞑って泣きそうな表情を見せ——顔を上げた。

「俺は……愚かな神谷を切り捨てます。そして次に向かいます」

そう言いながら、才は腰のベルトからナイフを取り出した。衣緒が与えたものだ。

衣緒の予定通りだ。素人には銃やナイフを持たせておいた方が制圧は容易となる。

——ああ、早く、早く！

衣緒は才がこちらに駆け寄ってくるその瞬間を待ちわびた——だが。

「才……？」

才はスクランブル交差点の真ん中に座り込んだ。正座だった。左手にナイフを持ち替えると、右手を大きく広げ、地面につけた。

そして——ナイフを大きく振りかぶる。

「才……いったい何をしているの？」

衣緒の頭脳をもってしても予測不可能な行動だ。はったりだろうか。こんな無意味な行動を取る理由は見当たらない。だが。

「うぁぁぁぁあああああ――!!」

7

衣緒にとってのたった一つの弱点。それは血縁上の子供である俺という存在だ。

何もない衣緒に唯一宿った感情――『愛』

冷静に考えれば、衣緒の人生に俺という存在は無用なものだ。むしろ、足を引っ張る。なのに、衣緒は愛が故に俺のことを切り捨てることができない。俺は衣緒という存在に唯一残った、たった一つの弱点だ。

だから、衣緒の計画を崩すには、俺自身を壊すのが一番手っ取り早い。

まずは指――人差し指。

「うぁぁぁぁあああああ――!!」

ガギッ。切っ先が骨に食い込む音が全身に響き渡った。電流のような鋭い痛み――直接断たれた神経が灼熱《しゃくねつ》のような悲鳴を発する。

一度では断ち切れない。もう一度ナイフを振り上げ、どくどくと血が吹きこぼれる指に再度刃《やいば》を振り下ろす。人差し指を切り離す――最高の切れ味だ。

歯医者で神経を抜いた時より何百倍も強い痛み――目眩がして、意識が遠く――ホースのように血が流れ出る。

でも、こんな痛みは何でもない。だって俺はこの指に握った鉛筆で、投票用紙に名前を書いた。切り刻まれた夕間さんの痛みに比べたら、こんな痛みは些細《ささい》も些細。

衣緒はひどく慌てた様子だ。ムンクみたいに頰に両手をあてて、叫び声をあげている。けれど、まだ駆け寄ってこない。

さすがだ、こんな状況でも狙いに気づいて警戒してる。この程度じゃ、まだ衣緒は乱せない。もっと、致命的な傷を――！

俺は右手に残った指でシャツをめくり、ナイフの切っ先を臍《へそ》のあたりに突きつけた。

「オ……やめろ。いい加減にしろ！　自棄《やけ》になるな！　指なら僕がすぐくっつけてあげるから、お腹だけは……！」

覚悟を決めろ。雪さんは脇腹にナイフを突き立てられても決して、咲恵のことを手放さなかったんだぞ。俺にだって――！

刃先で腹の皮を破り、肉に沈み込ませる。衣緒が走り寄ってくる。もっと動揺させてやらないと。

「――っぁあ！」一気にナイフを刺す！

痛みはなく、ただ全身から力が抜けた。意識が飛んで戻り、また飛んで、戻り——痛みが生じてくる。意識は希薄なのに痛みだけは強い。失神もできやしない。腹に異物が入っていることが感覚としてわかる。

ああ……少し加減を間違えた。深すぎたかも——。

「オ——!!」

衣緒の接近速度はものすごい。

自分の衣服をびりびりと引き千切り、止血用の布をつくる衣緒。焦っている、焦っている。さぞ驚いただろう。自分の身体を自分で傷つけるなんて発想は、自己愛の権化でしかないお前には決してないものだから。

そうまでして、やっと作った隙。これほどまでして、やっと生じた神谷衣緒の精神の淀み——!

「——っ!!」

俺の腹に布をあてようとしたタイミングを見計らい、腹のナイフを引き抜いて、衣緒の首を突き刺す——!

血がごぽっ……と音を立て、腹から吹きだしていく。指の欠落した右手で柄の底を何度も何度も叩き、ナイフを衣緒の首に深く押し込んでいく。

心は燃えているのに、全身は冷えていく。指と腹から血が抜けていく。かまうものか。

衣緒を、殺せるのなら――やがて。

「かはっ……」衣緒は小さな声をあげた。優雅さの欠片もない乾いた声だ。まるで、ただの人間のような――ああ、これも一応人間なのか？

口から鮮血をこぼす衣緒。喉からも大量の血液が漏れている。まだ生きているけれど、衣緒は遠からず死ぬだろう。

だって衣緒は――自分の首に刺さったナイフを抜き取ろうともしていない。

衣緒の両手はこんな状況になってもずっと、ものすごい力で俺の腹の傷口をふさいでいる。腹にあてられた布は真っ赤だったが、もう血はあまり出ていなかった。そこまで深い傷ではなかったのかもしれない。

いつの間にやったのだろう、先を切り落とした指にもきつく小さな布が巻きつけられており、止血が施されていた。

『さ、い』

口の動きで、衣緒が俺を呼んだのがわかる。

おかしな話だった。自己愛の権化のくせに、本体である自分よりも、分身の命を優先するなんて――もしかして、衣緒は。

死を目の前にしてやっと、他者への愛というものに目覚めたのだろうか。

「おや、すみ……父、さん……」

エピローグ

ぴしっ。卵に罅が入るような音がした。見ると、世界を包んでいた鏡の壁に大きな亀裂《きれつ》が入り、そこから光が漏れていた。

パリン。皿の割れるような音がして、空からきらきら光る鏡の欠片が降ってくる。

父さんと一緒にこの世界を形成していた衣緒が死亡したことで、世界が崩壊を始めたのだと思う。きっと、俺たちは元の世界に戻れるはずだ。

集中力が切れたのか、それとも血を失いすぎたのか、俺はくらっと仰向けに倒れた。

このままいっそ眠ってしまいたい気もするが、眠ったらもう戻ってこられない気もするから、必死に意識を保つ。

俺は何としても生き残らなくてはならない。だって、咲恵が帰りを待っている。約束を破るわけにはいかない。

屋上遊園地に隠した俺のかけがえのない宝物を、取り戻しに行かないと。

「……っ……っ……」

頭上から降り注いでくる鏡の破片は雨のよう。昔観《み》た古い映画のエンドロールを思い出す。

俺は神秘的なその光景を眺めながら、白昼夢のように夢を見る。

生き残った俺と咲恵、父さん。俺たちは三人で神谷の家を立て直す。神谷はほとんどいなくなってしまったが、父さんと咲恵がいるなら大丈夫。父さんとよく話し、支え合う。決して一人にしないように。

そして――俺と咲恵は友達を作るんだ。

一人ではなく、複数人がいい。それぞれが違う価値観、役割を持ったメンバーに俺たちのことを見てもらう。俺たちが間違いそうになったら、全力で叱ってもらうんだ。

身内だけで同じことをし続けてはいけない。狭い世界で凝り固まって、修正する力を失った者たちの末路は悲惨なものだ。俺は、この世界で嫌ってほどそれを見てきた。

拠点はあの屋上遊園地がいいだろう。あそこで仲間と一緒に広い空を眺めていれば、どんな辛い時期だって乗り越えられる。そんな気がする。

仲間と一緒に、俺はたくさんのことを経験したい。家の中にいるばかりでは知ることのできない世界の秘密を、たくさん学びたいんだ。

大丈夫、きっとこの夢は叶うはず。

咲恵と仲間がいてくれるのならきっと――。

――咲恵……楽しみだね……。

本当に、本当に楽しみだ。思わず笑みを浮かべてしまう。

この光の向こう側には、いったいどんな冒険が待っているんだろうな。

そうして『俺』はもう一度、クロノス世界に招かれる。

to be continued to "TOKYO CHRONOS".

本書は、ＶＲアドベンチャーゲーム『東京クロノス』（開発　MyDearest Inc.）のオリジナルストーリーとして、著者が書き下ろした作品です。

この物語はフィクションです。実在の人物・団体とは一切関係ありません。

講談社
タイガ

〈著者紹介〉

小山恭平（おやま・きょうへい）

2014年、『「英雄」解体』で第25回BOX-AiR新人賞を受賞。2016年、同作（講談社BOX）でデビュー。「飽くなき欲の秘蹟《サクラメント》」シリーズ（ガガガ文庫）、「我が姫にささぐダーティープレイ」シリーズ（講談社ラノベ文庫）のほか、VRアドベンチャーゲーム『東京クロノス』のメインシナリオライターをつとめる。

渋《しぶ》谷《や》隔《かく》絶《ぜつ》
東京《とうきょう》クロノス

2019年7月17日　第1刷発行　　定価はカバーに表示してあります

著者…………………………小《お》山《やま》恭《きょう》平《へい》

©Kyohei Oyama 2019, Printed in Japan
©2018-2019 Project TOKYO CHRONOS

発行者…………………………渡瀬昌彦

発行所…………………………株式会社 講談社
〒112-8001 東京都文京区音羽2-12-21
編集03-5395-3506
販売03-5395-5817
業務03-5395-3615

本文データ制作…………講談社デジタル製作

印刷…………………………豊国印刷株式会社

製本…………………………株式会社国宝社

カバー印刷…………………株式会社新藤慶昌堂

装丁フォーマット………ムシカゴグラフィクス

本文フォーマット………next door design

落丁本・乱丁本は購入書店名を明記のうえ、小社業務あてにお送りください。送料小社負担にてお取り替えいたします。
なお、この本についてのお問い合わせは文芸第三出版部あてにお願いいたします。
本書のコピー、スキャン、デジタル化等の無断複製は著作権法上での例外を除き禁じられています。本書を代行業者等の第三者に依頼してスキャンやデジタル化することはたとえ個人や家庭内の利用でも著作権法違反です。

ISBN978-4-06-516492-1　N.D.C.913　314p　15cm

話題沸騰中のVRゲーム
PS4
PLAYSTATION VR 専用
TOKYO CHRONOS
トーキョークロノス
豪華スタッフ・キャストがお届け！

あなたが決めて。殺すかどうか
――時が止まったような誰もいない渋谷。
この世界に閉じ込められた
幼馴染の高校生達が紡ぐ、疑念渦巻くミステリー。
失われた記憶。「私は死んだ。犯人は誰？」という謎のメッセージ。
私とは誰なのか。何故記憶が無いのか。そして犯人は……。
砕けた鏡のように散らばる無数のカケラ。
この世界の真実はどこに――
櫻井響介 CV:上村祐翔
二階堂華怜 CV:石川由依
東国ユリア CV:柚木尚子
桃野夕 CV:木戸衣吹
神谷才 CV:朴璐美
両角愛 CV:桜あず
蔭山哲 CV:梶裕貴
街小路颯太 CV:植田圭輔
ロウ CV:木村良平
渋谷の街並み
没入感高まる、
繊細かつリアルに描かれる世
回想モード
2Dイラストを再現した3DCGで
あなたの目の前に
息づくキャラクターたち。
選択肢によって分岐する物語。
重要な場面、
あなたは"選択"を迫られる。
詳細はこちらをチェック！
OPテーマ 藍井エイル「UNLIMITED」
EDテーマ ASCA「Mirage」
https://tokyochronos.com 東京クロノス

講談社
タイガ

美少年シリーズ

西尾維新

美少年探偵団
きみだけに光かがやく暗黒星

イラスト
キナコ

十年前に一度だけ見た星を探す少女――私立指輪《ゆびわ》学園中等部二年の瞳島眉美《とうじままゆみ》。彼女の探し物は、校内のトラブルを非公式非公開非営利に解決すると噂される謎の集団「美少年探偵団」が請け負うことに。個性が豊かすぎて、実はほとんどすべてのトラブルの元凶ではないかと囁かれる五人の「美少年」に囲まれた、賑《にぎ》やかで危険な日々が始まる。爽快青春ミステリー、ここに開幕！

講談社
タイガ

瀬川コウ

今夜、君に殺されたとしても

イラスト
wataboku

ついに四人目が殺された。連続殺人の現場には謎の紐《ひも》と鏡《かがみ》。逃亡中の容疑者は、女子高生・乙黒《おとぐろ》アザミ。僕の双子の妹だ。僕は匿《かくま》っているアザミがなにより大切で、怖い。常識では測れない彼女を理解するため、僕は他の異常犯罪を調べ始める。だが、保健室の変人犯罪学者もお手上げの、安全な吸血事件の真相は予想もしないもので――。「ねぇ本当に殺したの」僕はまだ訊けずにいる。

講談社タイガ

《最新刊》

ギルドレ（3）
滅亡都市

朝霧カフカ

記憶喪失の少年・神代カイルは、世界を救った救世主なのか？　カイルはたった一晩で滅亡した都市に残された、唯一の生存者の救出に向かう！

ブラッド・ブレイン2
闇探偵の暗躍

小島正樹

死刑確定の凶悪犯罪者が収監されている孤島の刑務所で、連続殺人事件が発生。不可能犯罪に警察官５人殺しの「闇探偵」、月《つき》澤《さわ》凌《りょう》士《じ》が挑む！

渋谷隔絶
東京クロノス

小山恭平

「絶対に君を守ってみせる——」渋谷の異空間で、残酷な〝剪定選挙〟が始まる！　大人気VRゲーム「東京クロノス」完全新作ストーリー。

透明なきみの後悔を見抜けない

望月拓海

記憶を失ったぼくが出会った大学生、開登。人助けが趣味だという彼と、ぼくは失った過去を探しに出かける。衝撃と感動の恋愛ミステリー。